冬の歓び
——わたしだけのハリウッド・スター——　上

イーヴィー・ハンター
喜須海理子 訳

ベルベット文庫

VELVET

冬の歓び——わたしだけのハリウッド・スター——　上

個人的なことを包み隠さず話してくれたご主人さまとしもべのみなさんに本作を捧げる。とりわけ、とても頼りになる友、Ｄに。

ホンジュラスに関する貴重な情報とシャンパンをくださったＢＢＣのイアン・オライリーに多大なる感謝を。

そして、本作の執筆に専念するあいだ、放っておかれてもたいして文句を言わずにいてくれた家族に心から感謝する。すぐにまた献身的な妻や母親に戻るから。

1

アビー・マーシャルは公衆電話の受話器を肩と顎ではさみ、トンコンティン国際空港の電光掲示板に目をやった。構内はエアコンがきいているが、ホンジュラスの暑さのせいでシャツがぐっしょり湿っている。「一刻も早く、この国を出たいんです。なんとかしてください」

アメリカ合衆国行きの便はどれも満席だった。問題はほかにもある。こちらのほうがはるかに深刻だ。ホテルを出てからずっと、ふたりの男にあとをつけられているのだ。そのうちのひとり、頬に傷痕のある黒い目の男には見覚えがあった。

危うく彼女が所属する報道部の部長の返事を聞きのがすところだった。「今、手配中だ。一時間ほどくれれば――」

頬に傷痕のある男が立ちあがり、アビーの心臓がずしんと重くなった。ごくりと唾《つば》をのみこむ。ここは国際空港だ。こんなところで殺されるはずがない。けれども直感は別のことを告げていた。この二週間のあいだに目にしてきたことから、男たちは思いのままにふるまい、誰もそれを止めようとしないだろうとアビーにはわかっていた。「ジョッシュ、一時間も待てそうにありません」

「追っ手はどこまで来てるんだ？」

アビーは受話器をきつく握りしめた。「十メートルも離れていないところまでと言ったら、もっとあわてでもらえますか。まるで袋のネズミです。携帯の電波も入らないし。ここにいられなくなったら、別の電話を見つけて、かけなおします」

部長がひとしきり悪態をつくのが聞こえた。「その電話から離れるな。なんとか言ってくれ、お嬢さま」

お嬢さまと呼ばれたのを無視して答えた。「わたしなら大丈夫です。ただ……いえ、なんでもありません。取材はうまくいきました。そちらに戻りしだい記事を送るとサラに伝えてください」

くたびれたリュックサックを肩からおろす。北アフリカ、ミャンマー、ハイチと、危険をともなう地域に取材に行く際には、つねに持ち歩いてきたものだ。このリュックサックとともに旅をするのも、これが最後になるかもしれない。窮地に陥ったことは今までにも何度かあるが、こんなにもせっぱつまった状況に追いこまれたのは初めてだった。

ニューヨーク行きの便の搭乗開始が告げられ、アビーが見守るなか、乗客たちが出発ゲートに向かいはじめた。頬に傷痕のある男がバーから戻ってきて、彼女に向かってグラスを掲げてみせた。ここは先ほどまでいたホテルと同じぐらい危険だ。もう二時間もすれば最終便が出発し、男たちは行動に出るだろう。

「もしもし、アビー？　アビー！」部長の険しい声に、アビーははっとわれに返った。

「いいか、よく聞くんだ。メインロビーにあるチャーター便カウンターに行け。今から三十分後にマイアミ行きのプライベートジェットが出る。それにジャック・ウインターが乗ることになっている。きみも乗って、彼にインタビューしろ」

「いったい何をおっしゃってるんですか？　ジャック・ウインターにインタビューしろだなんて」

　受話器の向こうから、いらだちに満ちたため息が聞こえてきた。

「一刻も早く、その国を出たいんじゃなかったのか？　スタンダード・スタジオは何カ月も前から、うちにウインターを取材させたがっていた。本人の承諾も取れているんだが、なかなかスケジュールが合わなくてね。そんなところで彼をつかまえられるなんて、きみも運がいい。まさかホンジュラスにいるなんて。いや、いたと言うべきかな。今夜、ジェット機で発《た》つんだから。きみが同乗することを広報係は承諾しているが、本人にも同行しているスタッフにも連絡がつかないらしい。きみがじかに説得するんだ。さあ、急げ！」

　アビーは目を閉じた。小さなリュックサックには、仕事道具を別にすれば、洗面用具と替えの下着しか入っていない。急いでホテルを出てきたので、それしか持ってこられなかった。着ているシャツは体にぴったり貼りついている。それなのに、演技のよしあしよりも派手なふるまいや女性関係で知られるハリウッド・スターにインタビューしろというのだろうか。

ふたたび目を開けると、頬に傷痕のある男が彼女をじっと見つめていた。

「わかりました」アビーは受話器をフックに戻し、リュックサックを肩にかけて、走りだした。

ふいに駆けだした彼女を見て、男たちは驚いたようだった。椅子の脚がタイル張りの床をこすり、瓶が床に落ちて割れる音がした。アビーは追ってくる男たちの叫び声を無視し、搭乗便を待つ乗客たちを押しのけてロビーを突っ切ったが、武装した警備員の姿を目にして速度をゆるめた。トンコンティン国際空港は軍用空港でもある。あらぬ誤解を招いて、逮捕されたり撃たれたりするのはごめんだった。

ちらりと振り返る。頬に傷痕のある男はアビーほど運がよくなく、連れの男とともに警備員に呼び止められていた。この分なら、うまく逃げられるかもしれない。アビーはメインロビーを急いだ。ほとんどのカウンターはすでに閉まっていて、チャーター便カウンターの係員は今まさに仕事を終え、引きあげようとしていた。

「アビー・マーシャルです。連絡が入っているはずですけど。スタンダード・スタジオのプライベートジェットに乗ることになっています」

係員は腕時計に目をやると、詫びるような笑みをアビーに向けた。「マーシャルさま、申しわけありませんが、もう間に合いません。その機ならすでに離陸の準備に入っています」

アビーはうしろをうかがった。頬に傷痕のある男とその相棒は、すでに自由の身になっている。「お願いです。どうしても今夜のうちに、この国を出たいんです」

係員が推し量るような目で彼女を見る。アビーは目に必死さと、大変な仕事に就いている彼への理解がちょうどいい割合でこもっていることを祈りながら、係員を見つめ返した。彼女の命は彼の気持ちを変えられるかどうかにかかっていた。

係員の決断は早かった。「わかりました。でも、走ってもらいますよ」アビーをカウンターの奥に引き入れ、小さなドアの向こうに行くよううながす。アビーは彼のあとを追って、迷路のように入り組んだコンクリートの通路を走り、非常口から外に出た。熱く湿った夜の空気が顔に押し寄せてきた。

「急いでください」係員はアビーの腕をつかんで滑走路を走った。肺が破裂するのではないかとアビーが思いはじめたとき、前方にジェット機の白くなめらかな機体が見えた。蛍光色の安全ベストをつけたふたりの係員が、可動式のタラップを取りはずそうとしている。

「だめよ！　待って！」アビーは言って、両手を振り、大声で呼びかけながらジェット機に向かって走った。ようやく係員は彼女に気づいて作業をやめ、タラップをはずすのをほんの少し待ってくれた。

アビーはタラップを駆けあがり、機内に入ると、床に両手と両膝をついた。そのままの姿勢で大きくあえぎ、同乗者たちに向き合う前に息を整えようとした。

「大丈夫ですか？」背の高い男がそう言って彼女に手を貸して立たせ、安心させるような笑みを向けてきた。

アビーは激しい鼓動と荒い息をしずめようとしながら微笑み返した。「もう大丈夫です」キュートな男性だ。茶色い髪に青い目。耳に心地よいアイルランド訛り。

すでに座席につきシートベルトをしめていた、彼より年上の男性が、眉間にしわを寄せてアビーを見た。「きみもこの機に乗ることになっていたかね？」腕時計に目をやって尋ねる。高価そうなスーツを着ていても、腹が出かけているのはすぐにわかった。男の横柄な態度にアビーはいらだちを覚えた。

立ちあがって服のほこりを払う。「ええ、そうです。申し遅れました。『ニューヨーク・インディペンデント』のアビー・マーシャルです。ジャック・ウインターさんにインタビューすることになっています」この機に乗る理由はそれ以外にないと思ってもらえるよう、口調に気をつけて言った。

「ちょっと待った、マーシャルさん。わたしはウインターのエージェントだ。そうしたことはすべてわたしを通してもらわないと」男はスマートフォンを取り出した。

「彼はジーク・ブライアン」若いほうの男が言った。

「はじめまして、ブライアンさん」アビーは礼儀正しく会釈したが、握手は遠慮した。

「『ニューヨーク・インディペンデント』です。インタビューの了解は取れているはずですが。スタンダード・スタジオとウインターさんとの契約に含まれているはずです」

エージェントは心を決めかねているようだったが、彼が何か言う前に、若いほうの男がアビーに微笑みかけて言った。「まあいいじゃないか、ジーク。ご婦人がいっしょのほうが楽しいし」

エージェントは顔をしかめて座席の背に身をあずけ、そっぽを向いた。どうやらインタビューは許されたようだ。

若いほうの男が手を差し出した。「ケヴィン・オマリーです」

アビーは彼の親しみやすく気取らない態度を好ましく思いながら握手に応じた。アイルランドの男性は魅力的だとよく聞くが、それもうなずける。

彼は少し声を大きくして言った。「おい、ジャック、こっちに来て、すてきなお客さまにあいさつしろよ」

返事はなかった。上等だ。ジャック・ウインターもまた、まわりの人間を平気で無視するお高くとまった俳優のひとりらしい。アビーはしかたなくケヴィンのあとについて機内の奥へと、悪名高いスターにあいさつしに向かった。

ケヴィンが脇にどき、初めてジャック・ウインターを間近で見たとき、アビーは見えないこぶしで殴られたような気がした。息が止まりそうになるのを必死にこらえなければならなかった。どうして今まで誰も言ってくれなかったのだろう。それとも自分がそうした言葉に注意を払っていなかっただけなのだろうか。アビーは大きく息を吸いこみ、ジャーナリストらしく、彼を客観的に観察しようとした。

女たちがこぞって彼の出演する映画を観に行くのも無理はない。硬く引きしまった筋肉質の体。むだな肉はまったくなく、抑制のきかない爆発的な力を秘めているように見える。強靭な男という印象を強めている、鋭い頬骨と力強い顎。目もくらむほどに男性的でありながらも、唇は官能的なカーブを描き、あらがうことのできない魅力を放っている。こんなにもホットな男性がいていいわけがない。

ジャックが機内で起こっていることをいっさい無視して窓の外に目を向けていることが、どういうわけか彼をますます魅力的に見せていた。ケヴィンが彼の腕にふれて注意を引いた。

黒々とした眉の下の驚くほど青い目が、彼女のほうに向けられた。アビーは完璧なまでに美しい男性を前にして、自らの姿を意識せずにはいられなかった。顔や手は汚れ、汗まみれで、すぐにもシャワーを浴びる必要がある。

ジャックが立ちあがった。長身の彼に見おろされ、アビーは自分がひどく小さくなったような気がした。雑誌に掲載された写真は彼の本当の姿を伝えていない。彼の圧倒的な男らしさを表していないのだ。こうして近くにいると、ジャックの体から発せられる熱を感じ、かすかに漂う高価なコロンの香りを嗅ぐことができたが、何よりも、彼がまとう男性的なオーラに圧倒されそうになった。雑誌やスクリーンでさんざん目にしてきたが、こんなにも男らしいとは思いもしなかった。気づくと息がのどにつかえていた。

「離陸しますよ」ジャックがふいに言ってアビーを向かいの席に座らせ、彼女があらがう間もなくシートベルトをしめた。彼が席に戻り、自分のシートベルトをしめると同時に、ジェット機はでこぼこの滑走路を進みはじめ、エンジンをうならせて地面を離れ、空に浮かんだ。トンコンティン国際空港の点滅する明かりは、はるか下に遠ざかった。

彼が手を差し出してきた。その手がとても大きいことにアビーは気づいた。力強い握手だ。「ジャック・ウインターです」低く響く声に、ケヴィンの訛りに増して心そそられるアイルランド訛り。

ようやく彼は笑みを浮かべた。女たらしという評判にたがわぬ色っぽい笑みだ。官能的な唇のあいだから白い歯がのぞき、引きしまった頰にえくぼがひとつできて、青い目がいっそうあざやかに輝いている。アビーははっと息をのんだ。スクリーンで観るジャック・ウインターもハンサムだが、実物の彼は心臓が止まりそうになるほどすてきだ。

彼は笑みを浮かべたまま、彼女の反応を待っている。しっかりして。あなたはライフスタイルのページを担当するインターンじゃないのよ。スターにのぼせあがっている場合じゃないわ。この人にインタビューするのが、あなたの仕事でしょ。アビーは身を乗り出して握手に応じた。「アビー・マーシャルです。はじめまして、ウインターさん。乗せてくださって感謝しています」

「ジャックと呼んでください」

アビーはとてもインタビューできる状態ではなかった。今までにぞっとするような人間を相手にしたことは何度かあるが、こんなふうになったことは一度もない。銃で武装した暴徒を前にしても、どうにか冷静でいられた。それなのに今は心臓がすさまじい速さで打ち、落ちついて物事が考えられない。とはいうもののインタビューするしかなかった。リュックサックに手を伸ばし、なかからICレコーダーを取り出した。

「それではインタビューを始めさせていただきます。なるべく早くすませますから」

ジャックの顔から笑みが消えた。「なんのインタビューです?」

「『ニューヨーク・インディペンデント』のインタビューです。あなたも承諾なさっているはずですけど。だからわたしはこうしてここにいるんです」

ジャックは彼女を怪しむように見た。彼のマスコミ嫌いはよく知られている。けれどもやがて、冷たい青い目にあきらめの色が浮かぶのがアビーにはわかった。映画会社の広報担当にしてやられた、自分にはどうすることもできない、と悟ったのだろう。つまり彼は乗り気ではないということだ。冷ややかな目で値踏みするように見つめられ、アビーは身震いした。

「ああ、そうでしたね」ようやく彼は言った。「どんなことを訊かれるのか楽しみだ」

そっけない口調と片方だけ吊りあげられた眉。楽しいインタビューにはなりそうもない。ジョッシュのせいでとんでもないことになった。

ケヴィンが機内前方に足を運び、アイスティーの入ったペットボトルを三本持って戻ってきた。そのうちの一本を差し出され、アビーはありがたく受け取った。

ICレコーダーを掲げて尋ねる。「録音してもかまいませんか?」

ジャックは肩をすくめると、ボトルの蓋《ふた》を開けて、中身をごくりと飲んだ。「好きにすればいい」

まるで明かりを消したかのように、彼は魅力を放つのをやめていた。

アビーは元気づけるように微笑んだ。「そう長くはかかりませんから、ウインターさん」

ジャックはアイスティーをごくごく飲んだ。

アビーはICレコーダーの録音ボタンを押した。「まずは、ホンジュラスにいらした理由を教えてください」

ジャックは無表情な目で彼女を見てからアイスティーを飲み干した。「下調べをしてこなかったようだな」不愉快そうな声で言う。

アビーは赤面した。「申しわけありません、ウインターさん。じつは急にこの仕事を任されたもので。さしつかえなければ――」

「なあ、おれはもう三十六時間も寝ていないんだ。疲れていて、とてもこんなことにつきあっていられない」

ジャック・ウインターが協力してくれなければインタビューはごく短いものになる。アビーはいらだちが募るのを感じ、深く息を吸ってから言った。「わたしは三十分前にこの仕事を任されたんです。そんな短時間で、どれだけの下調べができるというんです?」

ジャックは座席の肘掛けのボタンを押して、背もたれを倒した。「どうせやるなら楽しくやろう。きみがおれにひとつ質問するたびに、おれはきみにひとつ質問する。それから、おれのことはジャックと呼ぶ。いいな?」

「それではインタビューになりません、ウインターさ……いえ、ジャック」

「好きにすればいい。断わるのはきみの自由だ」彼は目を閉じた。

ジーク・ブライアンがくすりと笑うのが機内前方から聞こえてきた。

アビーはいらいらとため息をついた。ジャック・ウインターはハリウッドのトップ・

スターかもしれないが、とんだ困り者だ。どうやらここは彼にゆずるしかなさそうだった。

「わかりました、ジャック」

彼は驚くほど魅力的な目を開けて、彼女に微笑みかけた。「じゃあいいよ、アビー。なんでも訊いてくれ」

「どうしてホンジュラスにいらしたんですか？」

彼が答える間もなく、ジーク・ブライアンが口をはさんだ。「ジャックがホンジュラスに行ったのは、首都テグシガルパに医療施設を設立するためだ。去年、わたしたちはホンジュラスで『ジャングル・ヒート』を撮った。映画が完成したらまた来るとジャックは約束してたんだよ」

それを聞いてアビーは驚いた。多くの映画会社がロケ中に地元の人々を支援すると約束するが、そうした約束が実際に果たされることはめったにない。

「今度はおれの番だ、アビー。きみはどうしてホンジュラスにいたんだい？」

話してもさしつかえないだろう。二日後には新聞に記事が載るのだから。「麻薬組織とホンジュラスの政治家との癒着を取材していたんです」

「女性には危険な仕事だ」

「どうしてです？」アビーはきつい口調にならないよう気をつけて言った。「女は深刻な問題の取材をするべきではないとでも？」

ジャックにじっと見つめられて、自分の体が縮んだような気がした。「そういう意味で言ったんじゃない。でも、ホンジュラスの麻薬問題を取材するのはまちがいなく危険な仕事だ」

頬に傷痕のある男とその仲間のことを考えれば、それは否定できない。アビーはその件については話さないことにして、インタビューに注意を戻した。「ですが、あなた自身、危険を好むことで知られていますよね、ウインターさん、いえ、ジャック？」

「自分の限界を試すのが好きなんだ。そうすることで自分について多くを学べると思わないか？」

「それは質問ですか？」

今回ジャックが浮かべた笑みは心からのものだった。「いや、ただ意見を言ったにすぎない。きみへの質問はこっちだ――大きな事件を追うのが好きなようなのに、いったいどうして俳優にインタビューなんてしてるんだい？」

冗談を言っているのだろうか。表情からは読み取れなかった。

「あなたがおっしゃったとおり、自分の限界を試すのは悪いことではありませんから」アビーは言った。「ちょうどいいときにちょうどいい場所にいたにすぎません。自分が得意とする分野以外の仕事をしているんです。あなたにも、そうした経験はおありでしょう？」

「いや、アビー、おれの守備範囲の広さを知ったら、きっと驚くぞ」ジャックは言った。

自分は何か大事なことを聞きのがしているのだろうか。アビーは落ちつかない気分になった。

「どうやらきみはかなり仕事熱心なようだが、私生活のほうはどうなっているんだい？ 教えてくれ。結婚してるのか？ それともまだ独身で、自分にふさわしい男をさがしてるのか？」

「独身です」アビーは言った。「でも、ニューヨークに婚約者がいます」ウィリアムのことを思い出して罪悪感を覚えた。もう何日も彼のことを考えていなかった。マイアミに着いたら彼に電話したほうがいいだろう。

「つまり、真剣につきあっている相手はいないんだな」

通路をはさんだ座席につき、ふたりの会話を聞いていたケヴィンが、大きな笑い声をあげた。アビーはケヴィンをにらみつけた。「彼とは婚約して四年になるんですよ」

ジャックは口笛を吹いた。「四年もたつのに、まだきみを祭壇の前に連れていけないでいる。婚約者が聞いてあきれるよ」

アビーは歯を食いしばった。「今度はわたしが質問する番です、ジャック。あなたの女性関係について聞かせてください。結婚されているんですか？ それともまだ独身で、自分にふさわしい女性をさがしているんですか？」

彼が独身であることをアビーは知っていた。女たらしと言われていることも。人をいらいらさせ、女性蔑視の傾向があるとも言えそうだ。

ジャックは考えこむような顔をして答えた。「結婚したことも、しようと思ったこともない。自分にふさわしい女なんていうものがいるとも思わない。そのときどきにふさわしい女がいるだけだ」

「そうした女はごまんといたな」ケヴィンがそう言って席を立ち、機内前方に歩いていった。

アビーは気づくと訊いていた。「何人ぐらい？」

ジャックはその質問に驚いたらしく、黒い眉を片方ぴくりと吊りあげた。「今度はおれが質問する番だ。どうやらお近づきになれたみたいだから、個人的なことを訊いてもかまわないよな」そう言って、身を乗り出す。

アビーはごくりと唾をのんで彼の口を見つめた。

「この前男と寝たのはいつだい？」

アビーは真っ赤になった。数週間前、いや数カ月前かもしれない。覚えていなかったが、そう答えるつもりはなかった。

「かなり個人的な質問ですね」

「それでは答えになっていない」

ケヴィンがアイスティーの入ったペットボトルを手に戻ってきた。ジャックはアビーから目を離さずにペットボトルを受け取った。こんなにも自分がさらけ出されているように感じるのはいつ以来なのか、アビーは思い出せなかった。とはいうものの、ジャック・ウインターのような男にじっと見つめられるのは、これが初めてなのだ。彼がペットボトルの蓋を開けるあいだ、ICレコーダーをいじり、質問に答えずにすませようとしたが、そうはいかなかった。

「どうなんだい？」

「あなたには関係ないことだわ」アビーは歯をぎりぎりいわせて言った。

「それならインタビューは終わりだ」ジャックはペットボトルをホルダーに置いて座席の背を完全に倒し、目を閉じた。

ジャックはアビーがまるでバージンのように真っ赤になるのをおもしろがると同時に興味深く思いながら見守り、どこまで無理を言えるだろうかと考えた。アビーが怒りをこらえてごくりと唾をのみこむのを無視して座席にあおむけでくつろぎ、彼女が観念して彼が知りたがっていることを話すのをじっと待った。

自分でも驚いたことに、彼女がこの前いつ男と寝たのか本当に知りたかった。アビー・マーシャルは彼のタイプではないが、彼女には何かがある。

目を閉じていても、赤ん坊のような肌にそばかすの散ったアビーの顔を難なく思い描くことができた。彼がふだんデートする女たちは自分の顔にそばかすがあるなんて許せず、レーザーやら何やらで取ってしまっている。アビーの口は大きく、魅力的で、歯並びは何年もかけて矯正したらしくきれいに整っていた。

髪は短く、目の色を引き立てている。ジャックは艶のある黒いその髪に自分が手をすべらせているところを想像した。エクステや大量のスタイリング剤と格闘する必要はなさそうだ。彼がデートする女たちは〝髪にさわらないで〟と口癖のように言うが。

それに好奇心と知性が輝く緑色の大きな目。そうとも、彼女なら、その必要があれば彼に果敢に立ち向かってくるにちがいない。ジャックはアビーとのあいだに散る敵意の火花を楽しんだ。状況がちがっていたら、もっと親密な関係になろうとしていただろう。だが、彼女はジャーナリストだ。それだけでも悪いのに、アッパーミドルクラスの家の出であることを示す歯切れのいいアクセントで話す。そのような女性と深い関係になるつもりは二度となかった。もう懲りたのだ。

アビーが息を吸いこむのが聞こえた。

「ウインターさん――」

ジャックは片方の目を開けて首を横に振り、目を閉じた。インタビューしたいのなら彼のルールに従い、質問に答えてもらわなければならない。この前いつ男と寝たのかという質問に対する彼女の答えに彼が興味を抱いていることは、また別の話だった。アビーが憤慨して鼻を鳴らすのが聞こえ、ジャックは思わずにやりとした。どうやらそれに気づいたらしく、彼女はいっそう大きく鼻を鳴らしたが、何も言おうとしなかった。

この三十六時間でたまった疲れが徐々にジャックを襲い、エンジン音が響くなか、彼は眠りについた。

エンジンがおかしな音を立てたような気がしてジャックは目を覚まし、機内を見まわした。変わったところは何もない。ケヴィンとジークは頭を寄せ合って一台のiPadをのぞきこんでいた。アビーは座席に身を丸めて座り、脚を尻の下に敷いている。ジャックにはできそうもない姿勢だ。窓の外に目をやると、エンジンにもなんの異常もないように見えた。だが――ジャックは顔をしかめた――少しばかり雲に近すぎるような気がする。

エンジンがまたもや咳きこむような音を立て、ジャックのうなじの毛が逆立った。操縦室に行こうとして席を立ち、衝動的にアビーのシートベルトを引っぱって、きちんとしまっていることをたしかめた。

アビーが目を覚まして彼をにらみつけた。「何しているんです?」

不機嫌な声を聞いて思わず笑みを浮かべそうになったが、いやな予感は消えなかった。

「おとなしく座ってろ。シートベルトをきちんとしめて」

「あなたの指図は受けません」

「いいから言うことを聞くんだ」なんだかいやな予感がすることを説明している暇はない。

「まるでわたしがどこかに行こうとしているかのような口ぶりね」アビーはそう言いはしたものの、シートベルトをしめたまま背もたれに身をあずけた。

ジャックは操縦室に向かいながら、床が斜めになっていることに気づいた。何かがおかしい。

中折れ式のドアの向こうにある操縦室は、計器類と操縦席があるだけのせまいもので、操縦士ひとり分のスペースしかなかった。ジャックはドアを押し開けて尋ねた。「どうしたんだ?」

パイロットは銀髪で赤ら顔だったはずだが、ジャックが覚えているより青白い顔をしていた。額には汗がにじみ、唇は青くなっている。「気分が悪いんです」パイロットはつぶやくように言った。操縦桿《そうじゅうかん》を握ってはいるものの、警告灯が赤く点滅していることには気づいていないらしい。

ジャックがぞっとしながら見守るなか、パイロットの手が操縦桿を離れ、ジェット機の機首がさらに下に傾いた。

「アスピリンはありませんか？　このあたりがちょっと痛くて」パイロットは胸をさすり、強く押さえてから、ふたたび操縦桿を握った。目は窓の外に向けられているが、計器類には注意を払っていない。顔はいっそう青ざめ、汗が頬を流れ落ちていた。

「持病の薬はどこにあるんだ？」ジャックは尋ねた。症状を抑える薬をどうかパイロットが持っていますように。

パイロットはろれつのまわらない口調で言った。「薬って？」

2

なんてことだ！　パイロットが心臓発作を起こしているのは素人目《しろうとめ》にもわかった。ジャックは客席に戻った。「救急セットはどこだ？」誰にともなく尋ねる。救急セットのなかにアスピリンがあるはずだ。

ケヴィンがｉＰａｄから目を上げた。「なんだって？」

「救急セットだよ。アスピリンがいるんだ」

「パラセタモールならあるけど」アビーが言って、シートベルトをはずそうとした。

「席から離れるな」ジャックはそう言って、彼女のリュックサックを取ってやった。パラセタモールが効くかどうかわからないが、何もないよりはましだろう。アビーは好奇心をそそるレースのショーツやその他の衣類をかきわけて、二錠分空《から》になっている錠剤のケースを取り出し、彼に渡した。「ありがとう」ジャックはパイロットに薬をのませるのに使おうとアイスティーのペットボトルをつかんだ。すっかりぬるくなっているだろうが、かまうものか。

「いったいどうしたんです？」操縦室に戻ろうとするとアビーが尋ねた。

「なんでもない」ジャックはぶっきらぼうに答えた。異常事態が生じていることに誰も気づいていないようだ。わざわざ知らせて、混乱を招きたくなかった。

操縦室に戻ると、パイロットは真っ青な顔をしてあえいでいた。操縦桿を握る手がぴくりと動いたかと思うと、パイロットはがくりと前のめりになった。その拍子に額をどこかに打ちつけたらしく、機体が大きく揺れた。ジャックは彼を起こして薬をのませようとしたが手遅れだった。パイロットは息をしておらず、ジェット機は雲のなかを地面に向けて急降下していた。

ちくしょう。ちくしょう。ちくしょう。とんでもないことになった。ジャックは『フライ・ハード３』に出演した際に受けた操縦レッスンを必死に思い出そうとした。まずは飛行機を制御しなければならない。機体を水平にして、安全な高度まで上昇するのだ。ジャックはパイロットの体を押して操縦席からどかした。パイロットはどさりと前に倒れて操縦席から離れたが、彼の体にじゃまされて足もとのペダルが操作できなくなり、奥の計器類が見えなくなった。ジャックは彼を動かそうとしたが、はさまっていて無理だった。やっかいなことになりそうだ。

操縦席に座って操縦桿を握り、手前に引いてジェット機の機首を上げ、上昇させようとする。

緊急無線周波数はいくつだっただろう？　一二一・五メガヘルツ？　安全な高度まで

上昇したら、すぐに助けを呼ぼう。

ジャックは必死に操縦桿を引いたが、どうやらパイロットの体が何かを押しているらしく、ジェット機は左に曲がりながら下降しつづけた。そのまま厚い雲に突っこみ、気づくと目の前は白一色になっていた。まわりの雲がエンジン音さえかき消している。高度計の数字が目まぐるしく変わっていなければ、奇妙にも平和な状況に思えたかもしれない。

ジャックは知っているかぎりの悪態をついてから、口を閉じて重力と戦った。白一色の世界に目を凝らしてその下にあるものを見定めようとするうちに、涙が出てきた。

不時着はまぬかれない。問題は、犠牲者を出さずに不時着できるかどうかだ。

ふいに目の前の光景が白から緑に変わった。一瞬のあいだにジェット機は雲を抜け、熱帯雨林のうえを飛んでいた。ジャックは操縦桿と格闘し、着陸できる場所が見つかるまで機体を水平に保とうとした。

木々はすぐ下に見えた。木々の先端が機体の腹をこすっているにちがいない。着陸などとうてい無理だ。ジャックは対気速度をたしかめた。時速三百キロを超えている。このままでは、みんなじきにミンチになってしまう。

右方向にある何かが目にとまった。緑に切れ目がある。ジャックはそこに川があることを祈りながら機体を傾けた。ハドソン川に旅客機を着水させられたパイロットがいるのだから、自分にも同じことができるはずだ。よし、川よりはるかにいい。眼下に見えるのは、麻薬密輸業者がつくったとおぼしき小さな滑走路だった。ジャックは息を吸いこんだ。無事、着陸できるかもしれない。

さらに機体を傾けて旋回し、着陸態勢に入った。「シートベルトをしめて衝撃にそなえろ」客席に向かって叫ぶ。「これから着陸する。荒っぽい着陸になりそうだ」

三人が驚いて叫び返してくるのを無視し、着陸に向けてジェット機の進路をまっすぐにしようとした。パイロットの体の重みが腕にずしりとかかる。ジャックは肩でパイロットを押しのけながら操縦し、スロットルを戻して速度を落としてから、滑走路と機体の向きを合わせようとした。滑走路はとても細く、まるで針に糸を通すような作業だった。

思ったより速い速度で地面がせまってきた。ジャックは悪態をつき、機首が下がらないようにした。車輪は出した。フラップを下げて速度を落とす。あとは？　そのとき滑走路が使えなくしてあることに気づいた。深い溝が掘ってあり、着陸を試みた飛行機が車輪をとられて森に突っこむようにしてある。ジャックはあわてて操縦桿を引き、車輪が溝にはまるのを防いだ。

速度が充分に落ちていない。必死にブレーキをかけたが間に合わず、ジェット機は緑の壁に突っこんだ。雲に届かんばかりに伸びる大木にぶつからないようにするのが精いっぱいだった。

翼が小さな木にぶつかった衝撃で、危うく操縦席から転げ落ちそうになった。そのすぐあとにまた翼が別の木にぶつかる。ふたたび飛び立つことは無理だろう。操縦席の窓に押し寄せてくる木の枝で、ほとんど前が見えなかった。

何か硬いものに衝突して粉々にならずにすんだのは運がよかった。ジェット機の速度も急速に落ちてきている。どうやら誰も死なずにすみそうだ。

機体が前のめりになった拍子にジャックは椅子から飛び出し、頭を計器盤に打ちつけたが、長年体を鍛えているおかげで、今では操縦室のなかで最も低い部分となった窓に突っこまずにすんだ。客室から悲鳴や苦痛に満ちた叫び声が聞こえてきた。

立ちあがると、眼下に峡谷が広がっているのが見えた。ジェット機は崖の頂上近くで止まっていた。折れた翼が木に引っかかったおかげで、谷底に落ちずにすんだのだ。

ジャックは冷や汗をかいた。首筋を血が流れ落ちるのがわかったが、無視して客室に戻った。床は危険なほど傾いていたが、座席の背をつかみながら、どうにか前に進んだ。

アビーとケヴィンはシートベルトをしめたまま座席についており、どちらも真っ青な顔をして荒く息をついてはいたものの無傷のようだった。ジーク・ブライアンは床に座りこみ、腕を抱えてべそをかいていた。シートベルトははずされている。ジャックの言うとおりにしなかったのだ。

「ジーク、けがしたのか？」ジャックは言って、自分でもジークのけがの具合をたしかめようとした。

ジークは彼をにらみつけた。「どうやら骨が折れたらしい」片方の腕で反対側の腕をそっと抱える。「いったい向こうで何してたんだ？　おまえが飛行機を墜落させたのか？」

「パイロットが心臓発作を起こした」ジャックは手短に言った。説明している暇はない。「すぐにここから出るぞ」

「わたしはどこにも行かないぞ。けがしているのがわからないのか？」ハリウッドの敏腕エージェントというより、ぐずっている子どものような口ぶりだ。

ジャックの視界がぼやけ、頭が割れるように痛くなった。「それなら好きにすればいい。このままここにいて飛行機といっしょに落ちるんだな」

「落ちるだって？　いったい何を言ってるんだ？」

「この機は今、崖のうえに片方の翼で引っかかっている。翼が取れたら、谷底にまっさかさまだ。ここは雨水の通り道になっているみたいだから、次に雨が降ったら流されてしまうだろう。早く外に出たほうがいい」

ジャックは飛行機のドアに向かった。片方の足を床に置き、もう片方の足を壁に踏んばって体を支えながら、どうにかドアを開けて状況をたしかめた。機体を伝って地面におりたあと、崖をよじのぼって比較的安全そうな森のなかに行くしかなさそうだった。とんでもなく楽しそうだ。

「みんな大丈夫か？」ジャックは尋ねた。ヒステリー状態に陥っている女ほど手に負えないものはない。だが、真っ青な顔をして激しくあえいでいるのはジークだった。「いちばん大変なところは乗りきった。ここから出さえすれば、もう危険はない」嘘だった。いちばん大変なのは、この先、生き延びることなのだ。

彼が言葉を続ける間もなく、ジークが口をはさんだ。「わたしは大丈夫じゃない。けがしてるんだ。腕の骨が折れてるんだよ。病院に行かないと」

「できるだけ早く病院に連れていくよ。まずはここから出なきゃならない」ジャックはアビーを身ぶりで示した。「レディーファーストだ」

「かまうものか」ジークは言った。「こっちはけがしてるんだ。その女はそうじゃない。一刻も早くここを出て、医者をさがさないと」

アビーは肩をすくめた。「わたしならかまいませんよ」

アビーが見守るなか、ジャックはそろそろと外に出て、地面に飛びおりた。ぬかるんだ地面に足をとられてすべり落ち、再度斜面をよじのぼる。泥から突き出た木の根に足をかけて体勢を整えてから、声を張りあげた。「よし、ジーク、おりてこい。おれが受け止めるから」

ケヴィンが体を支え、ジャックが足を持ったにもかかわらず、ジークをジェット機からおろすのは悪夢のような作業だった。ジークは金切り声をあげ、ひっきりなしに文句を言って、ことあるごとに痛い痛いと泣きわめいた。ジャックは彼の腰を支えて地面におろし、崖のうえまでのぼるのに手を貸した。崖をのぼり終えると、ジークは地面に倒れこみ、あわれっぽくうめきはじめた。

ジャックはジェット機からおりる順番について考えを変えた。「ケヴ、救急セットを持って先におりてきてくれないか？」

女と子ども優先の原則はどうなったのだろう。今またジェット機が動きだせば、彼女はおりられなくなる。〝ジャーナリストを襲った悲劇　不時着事故を生き延びるも川で溺れ死ぬ〟という新聞の見出しが目に浮かんだ。

「了解」ケヴィンは小さなバッグをジャックに向かって投げた。ジャックはそれを受け取って崖のうえに放り投げてから、ケヴィンに手を貸して彼を無事地面におろした。

「きみの番だ、アビー」

アビーは最後に一度、客室を見まわし、リュックサックを押さえた。ノートパソコンはこのなかに入っているが、ＩＣレコーダーはどこにやっただろう。

「ちょっと待ってください。取ってくるものがあるの」

彼女が客室の奥に向かうと、機体が震えた。

「アビー、早く」ジャックが叫んだ。

「今行きます」アビーは叫び返して、座っていた座席の前に膝をついた。このあたりにあるはずだ。すると頭上から怒鳴り声がした。

「いったい何をしてるんだ？　さっさとここから出ろ」驚いて見上げると、いつのまにか機内に戻ってきていたジャックが、怒りに満ちた目を、口の開いたリュックサックのなかに向けていた。

「レコーダーをさがしているんです」アビーはぶっきらぼうに言い返した。「大事なデータが入っているの」

ジャックの顎がこわばり、ふたたびゆるむのが見えた。「ジャングルに不時着したんだぞ。パスタソースにならずにすんだのは奇跡だというのに、きみはプラスチックのことなんか心配しているのか？　レコーダーのことなんて忘れろ。ノートパソコンのこともだ。ほかの荷物も置いていけ。じゃまになるだけだ」

アビーはたじろいだ。怒っているジャック・ウインターはひどく怖い。とはいえ、取材メモを置いていくわけにはいかない。反論しようと口を開いたが、彼にさえぎられた。

「早く外に出るんだ。持っていきたいものを言え。おれが持っていってやる」

「だから、ＩＣレコーダーよ」機体がまたがくりと揺れ、アビーは悲鳴をあげた。

「おれが持っていくものをまとめるあいだ、三十秒だけやる。三十秒たったら、外に出るんだぞ」

次の瞬間、非常用パラシュートと毛布がアビーの横を飛んでいった。ジャックが開いているドアに向かって投げたのだ。ジャックはナッツの袋とテキーラのミニボトルをポケットに突っこんでから、ミネラルウォーターのペットボトルと調理済み食品をバッグにつめた。

座席の下を探るとICレコーダーが手にふれた。アビーはレコーダーを引っぱり出してポケットに入れた。やがてジャックが操縦室で動きまわっているのが聞こえてきた。何か手伝えることがあるかもしれない。

パイロットの折れ曲がった体とめちゃめちゃになった機首を見て、恐ろしくなった。ジェット機が不時着して以来初めて吐きそうになった。よく墜落せずにすんだものだ。ジャック・ウインターが防いだのだ。アビーが抱いていた彼へのいらだちは賞賛へと変わった。

パイロットはおかしな恰好ではさまっていた。ジャックは計器盤に片方の足を突っぱってパイロットを引っぱり出そうとしたが、無理だった。プラスチックの破片がジャックの脇腹に食いこみ、彼は顔をしかめた。

しっかりして、マーシャル。彼を手伝うのよ。アビーはプラスチック片をつかんでジヤックのじゃまにならないところに投げたが、その拍子にとがった縁でてのひらを切り、思わず悲鳴をあげそうになるのを必死にこらえた。

「動かせそうにないな」ジャックが言った。

アビーは計器盤の下にはさまっているパイロットを見つめた。自分たちもこうなっていたかもしれないのだ。「ここに置いていくわけにはいかないわ。ちゃんと埋葬してあげないと」

「アビー」ジャックは険しい声で言った。「無線機が使えるかどうか試すあいだ、パイロットの体を持ちあげておいてくれ」

パイロットの体はまだ温かかった。アビーは彼の顔を見ないようにした。ジャックが無線機を試したが、パイロットと同じくうんともすんとも言わなかった。助けを呼ぶ手立てはない。絶体絶命だった。

機体がぐらりと揺れた。

「外に出るぞ」ジャックが言った。

アビーは動けなかった。その場に立ちすくんでいると、足もとの床がぐらぐら揺れた。機体が揺れているのだ。するとジャックに両方の肩をつかまれ、客室に戻るよううながされた。ジャックはパイロットのロッカーを手早く探って煙草のパックとライターを取ってから、アビーをドアのほうに押し出した。

ジャックは大声でケヴィンを呼び、食料と水の入った袋を投げてから、アビーをおろした。このような状況でも、アビーはジャックが発するにおいに気づかずにはいられなかった。麝香《じゃこう》の香りと男のにおいがまじった独特のにおい。ジャックの胸に彼女の胸がふれ、アビーは真っ赤になった。

アビーに続いてジャックが斜面に飛びおりたとたん、ジェット機がまた動いた。機体を斜面にとどめていた翼が大きな金属音を立ててねじ切れ、胴体だけになった飛行機は機首を下にして落ちていった。ジャックは木の根をつかみ、彼とアビーが巻きこまれないようにした。

「大丈夫。おれがつかまえているから」

ジェット機はすさまじい音を立てて谷底に墜落した。動物や鳥たちがいっせいに鋭い鳴き声をあげ、あたり一帯に大きな不協和音が響きわたった。近くに人がいたら聞こえているはずだ。アビーはジャックにひたすらしがみついていた。彼に抱かれていると嵐の目のなかにいるような気がする。これほどまでになんの危険もないように思えたのは、これが初めてだった。

「アビー」ジャックがからかうような口調で言った。「こうしているのも悪くないが、そろそろここを離れたほうがいい」

アビーはぱっと目を開けた。いったい何を考えていたのだろう。猿の赤ちゃんみたいにジャック・ウインターにしがみつくなんて。アビーはすばやく彼から離れ、動揺しているのを隠そうとして服のしわを伸ばした。わたしは彼に惹《ひ》かれてなんかいない。惹かれてなんかいないわ。気が動転してるだけよ。アビーは気持ちが落ちつくのを待って顔を上げ、彼の目を見つめた。

ちゃかすような表情は消えていて、おもしろがっているような、彼女にはうまく読み取れない表情が浮かんでいた。

「ここを離れるって？　ジェット機のそばにいて、助けを待つんじゃないんですか？」

ジャックは目を閉じた。「アビー」怒鳴らないよう必死にこらえているような声で言う。「どこから助けがくるというんだ？　おれたちはジャングルのどまんなかにいるんだぞ。文明社会から遠く離れている。生き延びることが先決だ」

生き延びる？　そんなばかな。ありえない。くだらないテレビ番組のように、乾いていてよく燃えそうなものをさがして一日じゅう歩きまわったり、ねずみを食べたりするようになるのだろうか。

「すぐに助けがくるわ」アビーは心のなかで思っている以上に確信をこめて言った。「パイロットが遭難信号を出しているはずだし――」

「遭難信号は出していない。そんな時間はなかった」

アビーの胃が引っくり返った。「自動応答装置《トランスポンダ》は？」わらにもすがる思いで尋ねる。

ジャックは髪をかきあげた。「どうかな。機首を見ただろう？　めちゃくちゃになっていた」

アビーは深く息をついた。彼女たちがここにいることを誰も知らないのだ。パニックになっちゃだめ。落ちつくのよ。

「さあ行こう。ケヴが救急セットを持っている。その手の傷に絆創膏《ばんそうこう》を貼らないと」

3

アビーは崖のうえに座り、ケヴィンに傷の手当てをしてもらいながら、必死にショックと戦った。ジャーナリストである以上、危機的状況に陥っても冷静でいなければならないのはわかっていたが――ちょっとしたことでおびえるジャーナリストなど使いものにならない――不時着事故にあったのだ。そして今、よく知らない三人の男たちとともにホンジュラスのジャングルのどまんなかにいる。ふと、もしかしたら、いい記事が書けるかもしれない、と思いあたった。セレブのインタビューなんて目じゃないわ。これはものすごい特ダネよ。

つかのま、冷静さを取り戻して考えをめぐらせていると、ジャックが振り返って、彼女とケヴィンをにらみつけた。

「いちゃついてる場合じゃないと思うが」ジャックは言った。

「はあ? いったい何を――」

アビーは言葉を失った。あきれてものも言えない。機内ではジャック・ウインターに圧倒されていたせいで、彼が横柄な態度をとっても許していた。けれども、どのぐらいの期間になるのかわからないが、これから当分のあいだ、彼とともにジャングルにいなければならないのだ。アビーは身震いした。考えるのもいやだ。彼には毅然《きぜん》とした態度をとらなければならない。ものすごく魅力的でも、いやなやつであることには変わりない。いやなやつに身のほどを思い知らせるにはどうしたらいいか、アビーにはわかっていた。

ケヴィンは傷の消毒を終えると、ジャックに微笑みかけて、アビーの体に腕をまわした。「ジャックのことは気にしないで。彼は人に圧力をかけるのが好きなんだ。ぼくは人をなでるのが好きなんだけどね」そう言って、彼女の背中をなでる。アビーは愛撫されたように感じたが、自分の思いちがいだろうと打ち消した。

ジャックは顔をしかめた。「ケヴ、女のケツを追ってる暇はないんだぞ」

アビーはまるで彼に刺されたような気がした。ぱっと立ちあがって、ケヴィンから離れた。

「ちょっと、どういうつもり？　いったい今は何世紀だと思ってるの？　そんなに露骨で悪趣味で、女性蔑視的な発言をするなんて」

まだまだ言い足りなかったが、ジャックにさえぎられた。「それに男女同権論について講釈を聞かされてる暇もない。どうやって生き延びるかを考えなきゃならないんだから」

「そのとおりだ」ジーク・ブライアンは地面に座り、片方の腕をもう一方の腕で抱えていた。「すぐに病院に行かなきゃならない。腕の骨が折れてるんだ。早く手当てしてもらわないと。青臭い口げんかなんか聞いてる場合じゃない」

ジャックの顔にいらだちの色がよぎるのをアビーは見たが、彼はすぐにまた冷静な表情に戻った。

「生き延びることが先決だ」ジャックは繰り返した。「墜落した機体から遭難信号のようなものが出てるのかどうか、おれにはわからない。誰かその手のことに詳しくないか？」

アビーたちは首を横に振った。

「おれの携帯電話はどこかにいってしまった。きみたちの携帯には電波が入るか？」

アビーたちはそれぞれに確認したあと、またそろって首を横に振った。どうやら基地局から遠く離れたところにいるらしい。

「今夜はここで野宿しよう。朝になったら、ケヴとおれとで谷底におりていって、パイロットを埋葬する。おれたちをさがしている者がいたら、そのあいだに来るだろう。誰も来なかったら、自力で人がいる場所まで行かなきゃならない」

ジャックに腹を立てていたにもかかわらず、彼が強いリーダーシップを発揮していることにアビーは感心せざるをえなかった。ジャックはハリウッドのトップ・スターだが、これまで彼が演じてきたリーダー的な役には、彼自身の性格も表れていたようだ。強靭な精神を持ち、危機的状況に陥ったときも落ちついて物事を考えられる。

「とんでもない。わたしはけがしてるんだぞ。歩いてどこかに行くなんて無理だ」ジークが言った。

「わかってるよ、ジーク」ジャックは言った。「でも、助けが来なければ、ほかに選択肢はない。さてと、じゃあ――」

「助けが来ないというのはどういう意味だよ？」ジークは言った。「いつからサバイバルの専門家になったんだ？」

泣きごとばかり言うエージェントへのいらだちをジャックが必死にこらえているのが、アビーにはわかった。

「専門家になったわけじゃないが、『ジャングル・ヒート』を撮っていたとき、サバイバルの専門家たちと長い時間いっしょにいて、できるだけ多くを学ぼうとしたからね。たとえば、もうすぐ雨が降って、じきに暗くなることぐらいはわかる」

湿った空気がまるで毛布のようにまとわりついて、息をするのもむずかしい。暑さのせいで誰もが汗だくになっていたが、湿気のほうが耐えがたかった。

「だから、まずはハンモックとそれを覆うものをつくろう」

「どうしてハンモックなんだ？　ハンモックでなんか寝られないよ」ジークが言った。

「下を見ればわかるだろう？」ジャックは言った。アビーたちは足もとに目を向けた。ぬかるんだ土に足がめりこんでいる。葉で覆われた地面は泥沼のようだった。「雨が降ればいっそうひどくなる。地面で寝たら、泥のなかで眠るはめになるぞ」

「どうして雨が降るって言いきれるんだ？」ジークは訊いた。

「ここは熱帯雨林だ。名前が物語っている。ここでは毎日雨が降るんだよ。生い茂る葉で雲が見えないからといって、雲がないわけじゃない。もやがかかってるだろう？」ジャックは木々の輪郭をぼやけさせている銀色のもやを指差した。アビーたちはそろってうなずいた。「あれがじきに雨が降るしるしだ。早く取りかからないと」

ジャックはジェット機から放り出したパラシュート二基を手に取ると、ケヴィンとアビーに手伝わせながら、スイスアーミーナイフでパラシュートを切り、ハンモックと覆いをつくりはじめた。あざやかな赤い色をしたパラシュートの生地は薄いが丈夫で、ハンモックにするのに適していた。パラシュートのコードはちょうどいい長さに切って、ハンモックを吊るのに使える。アーミーナイフを肌身離さず持ち歩いていたのは運がよかった。ナイフなしでハンモックをつくるのは、さぞかし大変だっただろう。彼が最初に映画に出たときに買った最高級モデルだ。馬の蹄《ひづめ》に入った石や泥をかき出す道具は出番がなさそうだが、ルーペやのこぎりやはさみややすりは役に立つかもしれない。

体を動かせてうれしかった。自分でも信じられないが、ピンチのまっただなかにいるというのに、アビー・マーシャルのことが気になってならない。ケヴィンが彼女の手を取っているのを見て、ジャックは腹が立った。その瞬間、彼女に惹かれていることに気づいたのだ。どうかしている。彼女に興味を抱いている場合ではないのだから。すばやくことをすませるにしてもだ。もっとも、アビー・マーシャルが相手なら、すばやくすませるつもりはないが——向こうがもう勘弁してくれと頼むまで長引かせてやる。ジャックはふとわれに返った。おかしなことを考えるのは、いいかげんやめなければならない。アビー・マーシャルはニューヨークの裕福な家庭で育ったお嬢さま——つまり彼の人生を台なしにしかけたサラ・オブライエン＝ウィリスのアメリカ版だ——のようだし、ジャーナリストだ。特権階級に属していて好奇心旺盛。最悪の組み合わせだった。彼女の鋭い目はどんな小さなことでも見のがさないだろう。いつもの嘘ではごまかせないにちがいない。

いや、嘘じゃない。自分を守っているだけだ。

アビーを怒らせることができてよかったとジャックは思った。彼女を手に入れられないにしても、遠ざけておくことはできる。これまで自分を鍛えてきて今では鉄壁の自制心を誇るようになっていたが、アビーにはその自制心を打ち砕かれてしまうかもしれないと彼の心のなかの何かが告げていた。どうやらケヴィンもアビーに興味を抱いているようだ。ケヴィンとアビーがカップルになるのが誰にとってもいちばんいいが、ケヴィンが彼女になれなれしくしているのはとても見ていられなかった。

自分たちがひどく無防備な状態にあることをちゃんと理解している者がほかの三人のなかにいるのかどうか、ジャックにはわからなかった。ジークはまちがいなく理解していない。あのろくでなしは自分のことしか考えていないのだ。ジェット機から脱出するときも、アビーをあとまわしにして真っ先におりた。そのおかげで、ジャックは彼女の驚くほど豊かな胸が自分の胸に押しつけられる瞬間を楽しめたわけだが。問題なのはすぐに病院に行けるかどうかだけだと、ジークは本気で思っていたのだろうか。ジャックが思っていることを顔に出さないでいられるのは、長年、演技をしてきたからにすぎなかった。ジークへのいらだちはひとまず置いておくことにした。そのうちきっと懲らしめてやる。

ジャックとケヴィンとアビーは一刻も早く野宿の準備を整えようと、黙々と働いた。ジャックはジェット機から持ち出したものをあらためて確認した。調理済み食品とミネラルウォーターは今夜と明日の朝の分まではありそうだった。ジークには鎮痛剤を二錠渡して、ミネラルウォーターでのませた。泣きごとばかり言うろくでなしにはちがいないが、口のまわりまで青ざめていたからだ。

空のペットボトルは水筒として使えるだろう。ジャックは持ち運びに便利なよう、ペットボトルの首にパラシュートのコードを切ってつくったひもを結びつけた。ジャングルにおけるサバイバルの基本技術を叩きこんでくれたインストラクターに感謝した。彼が独自のサバイバルキットをつくったのも、そのインストラクターの影響だった。キットには浄水タブレットと軍手とマッチとコンパスと地図とナイフ、蚊帳《かや》と虫よけと虫よけ手袋が入っていた。

ポケットのなかを探るとコンドームがひとつ出てきた。

思わず笑い声をあげると、みなの目がジャックと彼が手にしているものに向けられた。

「おかしな考えを起こすなよ」ジークが驚いて言った。「ときと場所を考えろ」

アビーは真っ赤になった。「あなたが地球上で最後の男になったとしてもごめんだわ」

ジャックは皮肉を言わずにはいられなかった。「そんなことを言うのはお願いされてからにするんだな。ケヴにやろうとしてるのかもしれないだろう?」

ケヴィンは声をあげて笑った。「いい考えだ。もらっておくよ」そう言って、ジャックの手からコンドームを取る。「ぼくのほうがおまえより運がよさそうだからな」

アビーはふんと鼻を鳴らした。「忘れたの? わたしには婚約者がいるのよ。誰にも幸運は訪れないわ。あなたたちふたりが、わたしが思っているより親密な関係にあるなら別だけど」くるりと向きを変えて、ふたりに背を向ける。

ジャックとケヴィンは目を見合わせて笑った。

「あのアテンダントが直前で具合悪くなったのは残念だったな。客室乗務員はいなくても平気だと言ったのはぼくたちだけど、あの子ならジャングルにおける恋愛ゲームのいい標的になってくれそうだったのに」ケヴィンがジャックに目くばせして言った。

アビーの背中がこわばったが、彼女は振り返らなかった。

ハンモックが完成したころには誰もが疲れ果て、のどの渇きと空腹を覚えていた。光のかげんから、夜になるのもそう遠くないと思われた。ジャックは食料をわけた。ナッツは明日のために取っておくことにした。

そのあと倒れた木の幹に座った。木の根はまるで嵐で飛ばされた傘のように宙に突き出していた。木肌はやわらかく湿っている。木の幹をすみかにしている何万もの昆虫たちがうごめくのを感じた。

ジャックは自分の上着を木のうえに敷いて、横に座るようアビーに声をかけた。

蜘蛛のうえに腰かけて騒がれでもしたらたまらないからだと自分に言い聞かせる。アビーのそばにいたいからでもなければ、彼女の魅力的なにおいを嗅ぎたいからでもない。アビーのにおいは香水のにおいではなく、女そのもののにおいだった。ああ、なんていいにおいなのだろう。ジャックの意に反して、体が反応した。

アビーのにおいの誘惑を断ち、ほかのことに注意を向けられるようにしようとして、小さなボトルに入った虫よけを彼女に渡した。「ほら、たっぷり塗っておくんだ。刺されたくないだろう？」熱帯雨林に漂う奇妙な沈黙は、虫の羽音や鳴き声や、それらのなかでもいっそう大きくまがまがしい蚊の羽音で破られている。

アビーはジャックに敵意のこもった目を向けてから虫よけを塗った。

虫よけのにおいのおかげで興奮はおさまったが、彼女の反抗的な態度が彼のなかの隠しておくべき部分を呼び覚ました。「いい子にするんだ」ジャックはアビーに言った。

アビーの背中がこわばり、目がぱっと燃えあがった。「アイルランドでは今がいったい何世紀なのか知らないけど、大事なところを失いたくなければ、ここではおとなの女性を子ども扱いするのはやめるのね」

ケヴィンとジークがくすりと笑ったが、ジャックはにっこりした。「もちろん、大事なところを失いたくなんかないよ。なかなかいい働きをしてくれるからね。きみがとてもいい子にしてたら、試させてやってもいい。おれが大事にしているわけがわかるはずだ」

ぴしゃりと言い返すべきなのか、聞かなかったふりをするべきなのか、アビーにはわからなかった。ジャックが笑顔の裏で何を考えているのか手に取るようにわかる。彼女を困らせて楽しんでいるのだ。

幸い、ジャックがジェット機から持ち出した調理済み食品を配りはじめたので、アビーはそのことについてそれ以上考えずにすんだ。四人それぞれが、小さく仕切られたプラスチックのトレイを手にした。仕切りのなかにはブレッドスティックとオリーブとクリームチーズと、なんなのかよくわからない加工肉と少量のマスタードが入っている。夕食というより軽食だが、ちゃんと食べられるし、食べれば力もつくだろう。これを食べ終えたら、それ以降、食料を得るためにどんなことをしなければならないのか、アビーは考えるのもいやだった。サバイバルのトレーニングを受けたことはあるが、そこで学んだことを実践するのはこれが初めてだ。

「これは食べられない。わたしは小麦アレルギーなんだ。小麦が使われているものは避けるよう、かかりつけの同毒療法医《ホメオパス》に言われてる」ジーク・ブライアンが言った。

「それなら残せ。おれたちが食べるから」ジャックは言った。

ジャックが急いで食事をしながら空のようすを気にしていることにアビーは気づいた。もうじき暗くなりそうだ。

「茂みのかげで用を足して、さっさとベッドに入ろう」ジャックは言った。

アビーたちはショックを受けて押し黙った。

「用？」しばらくしてアビーは尋ねた。

「小便だよ。おしっこ。おトイレだ。呼び方はなんでもかまわないが、できれば虫に刺されないようにして、さっさとすませ、暗くなる前にここに戻ってくるんだ」

ケヴィンが笑い声をあげた。

「無理だよ」ジークが言った。「わたしは公衆トイレだって使えないんだ。こんなところじゃ、その、出るものも出やしない」

アビーはジークをあわれに思った。彼は野外でジャックが言うところの〝用〟を足さなければならないのをわかっていながらも、どういうわけか声を大にして反対すれば状況は魔法のようによくなると思っているらしい。ショービジネスに携わる者に典型的な考え方だ。アビーは駆け出しのころ、三カ月間、芸能部でインターンをしていて、ほかに移るチャンスが最初に訪れたときに、さっさと辞めた。ショービジネス界は別世界に住む自己中心的な人々でいっぱいだ。彼らのまわりにはつねに段取りを整えてくれる人間がいる。アビーがジャック・ウインターに感心するのは、だからだった。いやなやつには変わりないが、ジャックは状況にうまく対処している。それにくらべて、ジークはまるでわがままな子どもだ。ジャックはそんなジークに耐えられなくなってきているようだった。

「じゃあ、ひと晩じゅう、我慢するんだな。おれにはどうでもいいことだ」

ケヴィンがアビーに笑みを向けた。「いっしょに行って、きみが用を足すあいだ見張っていようか?」

できればひとりで行きたいが、ふたりのほうが安全だ。

「ええ、お願い。見ないって約束してくれるなら。蜘蛛が寄ってこないように見張っていてね」

「誓うよ」ケヴィンはそう言って、子どもっぽい仕種《しぐさ》で胸の前で十字を切ると、アビーの先に立って歩きはじめた。ふたりはほかのふたりから離れて、開けた場所を見つけた。

順番に用を足して、もといた場所に戻る前に、アビーは深く息をついた。

ケヴィンがアビーに微笑みかけた。「不安かい？　たしかにとんでもない状況だけど、ぼくとジャックはこれまで何度も窮地に陥ったことがある。そのたびに抜け出してきたんだ。今度もきっと大丈夫さ」

アビーは力なく微笑み返した。この二十四時間の疲れがどっと出てきて、精神的にも肉体的にも限界だった。

「もっとも、不安を忘れるいい方法が、ひとつだけあるけどね」ケヴィンはアビーの腕をなでながら言った。「コンドームをむだにするのもなんだし」

まったく……男ってやつは！

アビーはケヴィンをにらみつけると、足音荒くもといた場所に戻った。彼がうしろで小さく笑うのが聞こえた。ジャックはすでに二基のハンモックを吊り終えていた。ジークがまたしても文句を言っている。

「誰かといっしょに寝るのはごめんだぞ。もっとつくればよかったんだ。生地は余ってるんだから」

「でも、ハンモックを覆う蚊帳はふたつ分しかない。蚊帳なしで寝たいなら好きにしろ」

ジャックはアビーとケヴィンに目を向け、ふたりの表情を見て眉をひそめた。

「ぼくはホットなこの子といっしょに寝る」ケヴィンが言った。

ジャックはかぶりを振った。「おまえはおれより軽い。おまえとジークで、アビーとおれと同じぐらいの体重になるはずだ。だから、組み合わせはそうしたほうがいい」

やれやれ、すてきな夜になりそうだわ。

いっしょのハンモックに寝てもいい相手が三人のなかにいるのかどうか、自分でもわからなかったが、ジャック・ウインターだけはごめんだった。なのに次の瞬間、体じゅうの細胞が活気づいた。この何時間か、アビーは彼の強烈な男らしさや圧倒的な存在感を自分がどう感じているのか気づかないふりをしてきた。彼に腹を立てることで気をそらそうとした。けれども、なんの効果もなかったようだ。むだな努力だった。ひと目見た瞬間から、彼女はジャックに惹かれていたのだ。さらに悪いことに、彼の美しさはもはや理性的に観賞できる景色や絵画のように一般的なものではなく、アビーが主観的に感じるものになっていた。ジャックと並んで寝ている自分の姿が目に浮かぶ。鼓動が速くなり、脚のあいだが脈打つのを感じて落ちつかない気分になった。呼吸が乱れ、息が苦しくなった。

「わたしのことは気にしないで」アビーは言った。「どうせ眠れそうにないから、このあたりに座って——」

「動くな、アビー。じっとして」

ケヴィンをちらりと見ると、ぎょっとしたような顔をしていたので、ジャックが本気で言っていることがわかった。髪の毛のなかで音がする。アビーは悲鳴をあげそうになるのを、下唇を強く噛《か》んでこらえた。何かが頭のうえをもぞもぞと動いている。

「アビー」ジャックが落ちていた木の枝を拾って、ゆっくり近づいてきた。「何があっても動くんじゃないぞ」

彼は木の枝を手に飛びかかってきた。木の枝がアビーの頭のてっぺんをかすめたかと思うと、何か黒っぽいものが足もとに落ち、下草のなかを急いで逃げていった。アビーの心臓が激しく鼓動した。「やだもう！　いったいなんだったの？」

ジャックは首を横に振った。「知らないほうがいい」

アビーはあたりの地面に目をやった。ジャックといっしょのハンモックに寝ないですむようにひと晩じゅう起きているという考えは、霧のように消え失せた。ほかの三人が寝てしまえば、彼女はひとりきりになる。起きているのは、彼女と恐ろしい生きものだけ。〝飛行機不時着事故の生存者、ジャングルの生物に生きたまま食べられる〟という見出しが、一面を飾るようなことになってはならない。とはいえ〝ジャック・ウインターと同じハンモックで過ごした一夜〟という見出しが載るのもまずい。ウィリアムが知ったら、なんと言うだろう。

ジャックはアビーが悩んでいるのを気にもせずに言った。「もう十分もすれば暗くなる。どうするんだ、マーシャルさん。おれのハンモックに来るのか？　来ないのか？」

ほかに選択肢はなかった。「案内してちょうだい、ウインターさん」

4

アビーが見守るなか、ジャックは蚊帳を持ちあげてハンモックに寝そべり、彼の横のせまいスペースをぽんぽんと叩いた。まさかそんな――あんなに近くに寝なければならないのかしら。あれではまるで重なり合って寝るようなものだ。そう思いながらも、アビーは少し落ちつきを取り戻していた。先ほど頭についていた蜘蛛のおかげだ。ジャック・ウインターの横で夜を過ごすことを思ってぼうっとしていた彼女を、恐怖が現実に引き戻してくれた。とはいうものの、このあとの夜のことを考えると胃が引っくり返った。

アビーは両手で自分の体を抱いた。夜が近づいてきて、かなり冷えてきた。今夜はハリウッドのトップ・スターの横で過ごすのだ。アビーから話を聞いて悲鳴をあげるキットの姿が目に浮かんだ。ジャングルから抜け出せたらの話だけれど。親友のキットも、ニューヨークにある居心地のいいアパートメントも、遠く離れた存在に思えた。

「アビー、迷ってないで早くベッドに入れ。嚙みついたりしないって約束するから」

アビーはハンモックに乗ってもぞもぞと体を動かし、ジャックからできるだけ離れた。

「でも、ウインターさん、わたしは約束できないから、わたしに手をふれないでね」

　ジャックは大声で笑うと、彼女に覆いかぶさるようにして蚊帳の位置を直した。「これでよし」彼は言った。「もっとこっちにこないと、ふたりとも気持ちよく寝られないぞ」

「そんなにうれしそうに言わなくてもいいでしょ。手の置き場所に気をつけてよ」アビーはハンモックの中央に移動して、ジャックに背を向けた。

　ジャックはアビーのほうを向いて横になり、片方の腕を彼女のウエストにまわした。「どこに置けばいいのかな？」

　手をゆっくり彼女の腰にすべらせる。「ここかい？」

　アビーはごくりと唾をのみこんだ。ジャックの手はとても熱かった。じつのところ、彼の全身が熱かったが、腰に置かれた手は彼女の大事な部分に危険なほど近く、アビーは自分が女であることを強く意識した。ふと思った。大事なところを彼にさわられたらどんな感じがするだろう。だめよ。なんてことを考えてるの？　いいかげんにしなさい、アビー。

　アビーはジャックの手をつかんでウエストに戻した。

「しかたないな」ジャックは手をそのままにした。

　ふたりは無言で横たわり、ジャングルの音を聞いていた。またたくまに夜になった。

　ジャックが彼女のうしろで身動きした。「腕枕してもいいかな？　このままじゃ窮屈でならない」

アビーはいったん頭を上げてからおろした。なんてたくましい腕なのだろう。それにくらべてウィリアムの腕は……そう、か細いとしか言いようがない。ウィリアムは学者で、体を動かすよりも頭を働かせることに興味がある。筋肉なんて必要としていないのだ。

「このほうがずっといい」ジャックの熱い息がうなじにかかり、アビーの背筋に震えが走った。

「寒いのか？」

「いいえ、大丈夫よ、ウインターさん」

ジャックが胸を震わせて笑うのをアビーは背中で感じた。「アビー、なんだってまたウインターさんなんて呼んでるんだ？　ひと晩いっしょに過ごすんだ。堅苦しくするあいだがらじゃないだろう？」

言われてみれば、そのとおりのような気がした。ジャングルのまんなかで、小さなハンモックをいっしょに使っているのだ。少しでも距離を置こうとして〝ウインターさん〟と呼んでいたが、そんな呼び方をしていたらとりすました女みたいに見えるだけだろう。「わかったわ、ジャック」

ジャックは彼女のウエストにまわした手に力をこめた。「いい子だ」アビーのうなじに向かって言う。

少し離れてと言おうとすると、低いいびきが聞こえてきた。ジャック・ウインターは寝ていた。

アビーはため息をついた。体の緊張がとけていく。どうなると思っていたのか、自分でもわからなかった。彼にしつこくせまられ、ひと晩じゅう、拒みつづけなければならないとでも？　だが蓋を開けてみれば、ジャックはすぐに眠りに落ち、赤ん坊のように眠っている。

ここ数時間、気が休まるときがなかったが、不思議なことに、今はくつろいだ気持ちになっていた。先ほどまでいやなやつだったジャックも、おとなしく眠っている。ウエストにまわされた手の重みが頼もしく感じられ、うなじにかかる息にほっとさせられた。アビーは体の力を抜いた。まぶたが重い。目を開けていられなくなり、まぶたを閉じた。

遠くのほうから低いうなり声が聞こえてきて、アビーははっと目を覚ました。

ジャックが頭を上げた。「今のは何キロも先だ。心配せずに眠るんだ。きみの身に危険が及ばないよう、おれが守ってやる」

アビーはふたたび目を閉じた。どうしてなのかわからないが、ジャックの言うことを信じていた。

アビーは目を覚ましたが、まだ目を開けたくないと思った。なんだかとても気持ちがいい。ウィリアムはふだんそれほど情熱的な恋人ではないが、今は、休暇旅行に出てすっかりリラックスし、研究や学内政治のことを忘れて熱いひとときを過ごしたときと同じぐらい情熱的だ。アビーの胸のふくらみをつかみ、薄いシャツの布地越しに乳首を愛撫して、彼女の全身にまるで小さな花火のような快感を送りこんでいる。彼はもう片方の手でアビーの腰をなでまわし、彼女を押さえつけながら、自分の腰をそっと前後に動かして、大きなふくらみを彼女のヒップに押しあてていた。

「ああ」アビーはうめき、さらなる快感を求めて、彼にヒップを押しつけた。彼は彼女の首すじに唇を這《は》わせ、舌でそっと円を描くようにしてから、歯で軽く噛んだ。アビーが深いため息をもらすと、胸のふくらみをつかむ手に力がこもった。すばらしく気持ちがよかった。ウィリアムはふだん胸には何もしないのに、今朝はまるで別人のよう……。

アビーはぱっと目を開けた。暗がりから、なんだかよくわからない光景が次々に浮かびあがってくる。ここはニューヨークではない。自分のアパートメントでもないし、とても気持ちよくしてくれている手はウィリアムのものではなかった。森に朝の光が射しこみ、生きものたちの立てる不協和音が満ちてきたが、アビーの悲鳴がそれらをかき消した。アビーはジャックの手を振り払って彼から離れ、ハンモックから転がり落ちるようにして地面におりた。

ジャックがハンモックの縁から顔をのぞかせた。そのとろんとした目から、彼が彼女と同じぐらい早朝のむつみあいを楽しんでいたのがわかった。

「ちょっと……何してるのよ!」アビーの声があたりに響きわたった。

「落ちつけよ、アビー。そんなつもりはなかったんだ。きみだとわからなかったんだよ」

「上等じゃない。ますます気分がよくなったわ」

「いやがっていたようには見えなかったけど」ジャックはおもしろがっているような笑みを浮かべた。

「いやに決まってるでしょ。うぬぼれるのもいいかげんに――」

「何を騒いでるんだ?」ジークが蚊帳の下から、ぬっと顔を出した。「うとうとしかできなかった。けがをした体で眠るのがどんなに大変かわかっているのか? 薬の効き目はとっくに切れてるし、こんな恰好で寝たと知ったら、かかりつけのカイロプラクターはわたしを殺すにちがいない」

最高だ。これ以上のことは望めない。今日もまた、体の不調ばかり訴えるハリウッドの騒ぎ立て屋の相手をしなければならないなんて。アビーはジャックをじろりとにらみつけると、用を足しに茂みに向かった。

ジャックはナッツの袋を配り、ジークが顔をしかめてナッツアレルギーがどうのと文句を言いながらも食べるのを見守った。未開栓のミネラルウォーターは一本しか残っていなかったので、みなでわけたあと、ジャックは空のペットボトルに小川の水を汲み、浄水タブレットを入れて、ひとりひとりに配った。

アビーにペットボトルを渡すときは、彼女にふれないよう気をつけた。アビーと同じハンモックで官能的な尻を押しつけられてひと晩過ごすのは、思っていた以上に最悪だった。とにかくつらい夜《ハードな》だった。あそこも硬く《ハードに》なったし。鉄壁の自制心が聞いてあきれる。ジャックはアビーの緊張をとくために寝たふりをしなければならず、何時間ものあいだ欲望と戦った。だがあいにく、眠りに落ちると、自制心は働かなくなった。目を覚ますと、彼女が腕のなかで寝ていて、尻を彼に押しつけていた。そんな状況で反応せずにいられるわけがない。女たらしと言われているのはわかっているが、彼だってただの人間だ。それにアビー・マーシャルの尻には、どんな聖人君子でも誘惑されるだろう。アビーには近づかないようにしなければならない。あるいは、彼女のほうからジャックと距離を置きたがるように仕向けるか。

ケヴィンがアビーから彼に視線を移し、ふたたび彼女に戻すのにジャックは気づいた。どうやら、ゆうべ何があったのか、それとも何もなかったのか、知りたがっているようだ。ケヴィンとは長いつきあいだ。彼が特定の女性に興味を持てば、すぐに気づかれてしまう。

いや、アビーを女性として見てはいけない、とジャックは自分に思い出させた。彼女はジャーナリストであり、サラ・オブライエン＝ウィリスの同類だ。サラには人生を台なしにされかけた。今またアビー・マーシャルに同じ目にあわされるわけにはいかない。自分が彼女に興味を持てば、きっとそうなるだろうと、ジャックにはわかっていた。

ジャックはにやりとした。そうだ。アビーに嫌われるいい方法がある。

「まだおなかが空《す》いている人は？」さりげなく訊く。

ジークとアビーが空いていると答えた。「とはいっても、小麦が使われているものは食べられないが。小麦を食べると鼻水が止まらなくなるんだ」ジークが続けた。

「大丈夫。小麦は入っていないから」ジャックは言った。ケヴィンは彼が何をしようとしているのか察したらしく、口を固く閉じながらも、いたずらっぽく目を輝かせている。

ジャックは倒れた木まで足を運んで、枝に向かって耳をすました。二本目でまちがいなさそうな枝にあたったので、樹皮をはぎ、もぞもぞ動いている大きな幼虫を二匹つまみ出した。「さあ食べろ。小麦は入っていない」一匹をジークに、もう一匹をアビーに差し出す。

ジークは大きくのけぞった。アビーが手を出して支えなければ、座っている木の幹から転げ落ちていたにちがいない。何が起こるかわかっていたケヴィンは、携帯電話を取り出して、あわてふためいているジークのようすを撮った。アメリカに戻ったらユーチューブに投稿する気でいるのだろう。ジークは幼虫を遠ざけようとするのに必死で、気づいてもいなかった。いいぞ、ケヴ。アビーをあとまわしにして先にジェット機からおりた報いだ。

ジャックが驚いたことに、アビーは悲鳴をあげもしなければのけぞりもせず、彼の手のなかでのたくる幼虫をじっと見つめて言った。「あなたがそれを食べないことに十ドル賭けるわ」

「乗った」ジャックは幼虫をぽいと口に入れて嚙んだ。幼虫は半秒ほどもがいていたが、次の瞬間、口のなかに体液がほとばしった。じつにいやな味で、何食わぬ顔で嚙みつづけるには演技力をフルに発揮しなければならなかった。次に食べるときには料理してからにしよう。だが、みなの信じられないというような表情を見て、いやな思いをしただけのことはあったと思った。覚悟を決めて、口のなかのものをのみこんだ。

「うん、鮮度抜群のジャングルフードだ。草を食べて育った牛の肉を食べるより、たんぱく質も効率よくとれる。本当に食べないのか？」ジャックはのたくっているもう一匹の幼虫をアビーに差し出した。

アビーは身震いした。「百万年たってもお断わりよ」

ジャックは訳知り顔に笑った。「すぐに食べるようになる」

「あなたがわたしに代わって食べてくれたら、そのたびに十ドル払うわ」

ジャックは手を前に出して待った。アビーは嘘でしょというような表情でジャックをにらみつけてから、ポケットから十ドル札を出し、彼の手に叩きつけるようにして置いた。

よし、これでまたアビーにいやなやつと思われた。

そろそろ先延ばしにしてきた仕事を片づけなければならなかった。「ケヴ、いっしょに来てくれ。ジェット機のところまでおりていって、パイロットの遺体を埋めよう」

ジャックとケヴィンがいなくなり、ジーク・ブライアンが木にもたれてまどろみはじめたので、アビーはようやくこの嵐のような二十四時間について考える機会を持てた。目まぐるしいときを過ごしたあと、それまでのことを考えて状況を整理するのは、今に始まったことではない。彼女は経験豊かな記者なのだ——みなのためになる知識を何か持っているはず。指示されるばかりではいられない。

けれども気持ちを集中しようとすると、さまざまなイメージや感情が頭のなかに渦巻いた。さらに悪いことに、今朝、彼女を起こしたもののことが頭から離れない。彼女の体をなでまわしていたジャック・ウインターの手や、乳首をつまんでいた指や、ヒップに押しつけられていたふくらみのことが。一瞬、あのとき感じた快感がよみがえった。

だめよ！　これ以上、こんな状態ではいられない。アビーはリュックサックからキンドルを出して、二日前に読みはじめたスリラー小説を呼び出した。数分後には、ノルウェー人の警察官と犯罪者が登場する物語に没頭していた。ジャックたちの声がして、読みはじめてから一時間たったと気づいたときには、心から驚いた。

ジャックたちは、自然が彼らに代わってパイロットを葬ってくれていたと話した。谷底におりてみると、あらたに流れこんだらしき泥の下からジェット機の残骸がのぞいていたという。アビーは熱帯雨林の恐ろしさをあらためて感じ、ぞっとした。

ジャックはもうじき雨になると言い、みなを急かしてハンモックと蚊帳をたたませた。彼はジークに小さな防水ポンチョを渡した。ジークは口のまわりまで青ざめていて、動くのもつらそうだった。ジャックは彼に鎮痛剤を二錠与え、テキーラでのませた。よくない組み合わせだとアビーは思ったが、それでジークを立たせておけるのならしかたがないと思いなおした。

ジャックは余っていたパラシュートを小さく切り、帽子のようにして頭にかぶると、ほかの三人にも同じことをするよう言った。「こうしておけば頭に虫がつくことはない」みながいっせいに興味を示すのを見て、にやりと笑った。

アビーはゆうべのように蜘蛛に頭に乗られるのは二度とごめんだと思い、ジャックがどうやって布をかぶっているのかたしかめようと彼の背後にまわった。彼のTシャツに濃いしみがついているのを見て驚いた。どうして今まで気づかなかったのだろう。

「Tシャツのうしろに血がついているじゃない」アビーは言った。

ジャックは首をめぐらせて背中を確認し、顔をしかめた。

「すっかり忘れていたよ。不時着したとき、頭を計器盤にぶつけたんだ。血が出てるとは思わなかった。まさか血が怖いなんて言わないよな？」

アビーはジャックのからかうような言葉を無視した。彼が思っているほど彼女は弱くない。

「傷の具合を見るから座って」アビーは言った。自分でも満足できるほど冷静かつ事務的な声が出た。「ゆうべ話してくれてたらよかったのに。ジャングルでは感染症に気をつけなきゃならないって、サバイバルトレーニングで習わなかった？」

ジャックは苦笑しながらも、すなおに座って彼女の好きにさせた。アビーは彼の髪の毛をわけて傷の具合を調べた。小さい傷ではなかったが、すでに治りかけていた。

「化膿《かのう》はしてないみたい。髪の毛が多くてよかったわね」

アビーは小さな救急セットのなかを探って消毒綿を見つけた。ふたたびジャックの髪をわけたとき、ふいに自分がとてつもなく親密な行為に及んでいることに気づいた。彼女の指はまるでそれ自体が意思を持っているかのように動き、傷をさがしあてるのに必要以上に時間をかけた。アビーが消毒綿で傷をぬぐうと、ジャックは痛がって、ひっと声をあげた。

「まるで大きな子どもね」アビーはあざけるように言って、消毒綿を押しあてた。

ジャックは彼女を見上げた。「おい、おれは子どもじゃないぞ」

アビーは頬が熱くなるのを感じ、黙って消毒綿を片づけた。

次に顔を上げたときには、ジャックはコンパスで方角をたしかめていた。「そろそろ行くとしよう」彼は言った。「操縦席から見たとき、ここから北のほうに湖と集落のようなものが見えた。だから北に向かうのがいいと思う」

これから先の計画を立ててくれる人がいてよかったとアビーは思った。けれども出発する前に、まるで海の底が抜けて、海水が全部降ってこようとしているかのような、ひどい雨になった。四人は葉の茂った木の下に立って雨宿りしたが、滝の真下で、落ちる水をティッシュ一枚でしのごうとするようなものだった。

「ずっとナイアガラの滝を見たいと思っていたけど、この雨もなかなかのものね」アビーは言った。

四人は身を寄せ合って雨がやむのを待った。アビーは気づくとまたジャック・ウインターの胸に体を押しあてていた。シャワーを浴びてからまる一日はたっている。ジャック自身のにおいが鼻孔に満ち、アビーは酒に酔ったようになった。

雨は降りはじめたときと同じぐらい突然やんだ。大きな雨粒が数粒落ちてきたのを最後にぴたりと止まった。いつまた降ってくるかわからないが。ジャックは再度コンパスで方角をたしかめてから、みなの先頭に立って、草木が生い茂るジャングルを進みはじめた。

ジャックが下生えの草を刈るのを見て、写真はジャングルの本当の姿を伝えていないとアビーは思った。一歩進むためにはナイフを数回振りまわさなければならない。ジャックがこの場に適した大なたを持っていないのが残念でならなかった。先に進むにつれて、より多くの虫や動物を刺激することになる。ケヴィンが彼女に向かって何か話していたが、アビーはたいして聞いていなかった――虫を寄せつけないようにするので精いっぱいだったのだ。ありがたいことに、ケヴィンは彼女の頭や背中についた虫を何度か払いのけてくれた。

しばらくするとケヴィンはジャックに代わって先頭に立ち、ジャックがアビーの横に来た。四人は体力と気力を温存することに努め、黙々と前に進んだ。アビーは、今度は自分が先頭に立つと申し出たが、ジャックとケヴィンはただ彼女の顔を見おろしただけだった。アビーはすなおに引き下がった――自分が下生えの草を刈ってうまく道を切り開いていけるとは思えなかった。

昼食の時間になるころには、アビーは立っているのがやっとになっていた。ジャックは小さなたき火をおこし、集めてきた幼虫を木の枝でつくった串に刺した。アビーは幼虫の串焼きができていくのを見守った。あんなものとても食べられないと思いながらも、ほかに選択肢はないとわかっていた。

「高級料理とはいかないが充分に食べられる」ジャックが言った。

さあどうだか、とアビーは思った。〝ニューヨーク在住ジャーナリスト、空腹に耐えかねて虫を食べる――ジャングルで地獄を見た記者の手記〟と心のなかで唱えながら、幼虫を串からはずして恐る恐る口に入れる。記事になったときの見出しを思い浮かべでもしなければ、とうていのみこめそうになかった。ああ最悪。吐きそう。横目でジャックを見ると、彼は彼女をじっと見つめていた。彼女が幼虫を吐き出すのを待っているのだ。

おあいにくさま。ハリウッド・スターとそのお友だちが食べられるのなら、わたしだって食べられる。スシと似たようなものでしょ。

いったい誰をだまそうとしているのだろう。口のなかにあるのは、まぎれもなく幼虫だった。とんでもなくいやな味がする幼虫だ。アビーは幼虫をごくりとのみこんで、ジャックににっこり笑ってみせた。

「もう一匹どうだい、アビー？　残りもすぐに焼きあがるぞ」

「いいえ、もうけっこうよ」

誰かが吐く音がして、アビーの胃がぎゅっと縮みあがった。ジークが倒れた木の幹のうえで身をかがめ、昼食に食べたものを吐き出している。アビーは歯を食いしばって、同じことをしそうになるのをこらえた。ケヴィンは彼女に向かってウインクすると、ジークのために水を取りに行った。

ジャックが両手を頭のうえに伸ばした。Tシャツの裾が持ちあがり、六つに割れた腹筋がのぞいた。なるほど、腹筋はたしかに割れている。代役《ボディダブル》を使っているわけではなさそうだ。ふたたび記憶がよみがえる。あの硬く引きしまったおなかを背中に押しつけられ、両手で体をまさぐられたのね……何考えてるの、アビー、いいかげんにして。

ジャックが彼女の視線に気づき、ウインクしてきた。アビーは赤く染まった頬を見られまいと、あわてて顔をそらした。

「大丈夫か、ジーク？」ジャックはエージェントに声をかけた。

ジークは身を起こした。顔は真っ青で、額には汗がにじんでいる。「大丈夫なわけないだろう。わたしが何を食べたか知ったら、かかりつけの消化器内科医は怒り狂うにちがいない。わたしは消化器系が弱いんだ」

ジャックは聞く耳を持たなかった。「そいつはよかったな。さてと、今度はおれが先頭を行く。もう二時間ほど歩いたら、野宿の準備をしよう。アビー、きみはジークといっしょに歩いてくれ。最後尾はケヴィンだ」

「そうなるでしょうね」アビーは笑い声をあげたあと、二時間ものあいだジークの文句を聞かされるはめになることに気づいた。

「今度はわたしがナイフで道を切り開く？」もう一度、言ってみた。

「いや、いい」ジャックとケヴィンは声をそろえて言った。

5

ジャックがうっそうと生い茂る草木に最初の攻撃をしかけ、四人は未知の世界に足を踏み入れた。あとどのぐらい歩かなければならないのか、アビーは考えないようにした。ジークが彼女のほうを向いた。「それはそうと、きみのようにすてきな女性がホンジュラスなんかで何をしていたんだい？」

まさか、こんなにありきたりなせりふで口説《くど》こうとしているのだろうか。アビーはもう片方の腕の骨も折ってやりたくなるのを必死にこらえた。ジークは彼女の父親といってもいいぐらいの年齢なのだ。アビーは彼ににっこり微笑みかけた。「国際的な麻薬組織とアントニオ・タボラとの関係を調べていたんです」

「アントニオなんだって？」

「タボラ」前方からジャックの声がした。「ホンジュラスの国会議員に立候補している男だ。魅力的で裕福で、じつに卑劣な男だよ」

ジャックがタボラのよくないうわさを耳にしているらしいことに、アビーは驚いた。アメリカ合衆国では、タボラはホンジュラスの希望の星と見なされているのだ。

「それで何かつかんだのかね?」ジークはたいして興味なさそうに尋ねた。

「ええ、いろいろと」アビーは言った。「麻薬取締局《DEA》の捜査官は、かねてからホンジュラスの治安部隊と協力して麻薬の密輸をやめさせようとしていました。国務省はヘリコプターを駆使して、バリオ18やマラ・サルバトルチャといったエルサルバドル系ギャングたちがつくった違法な滑走路を見つけようとしています。でも、わたしは国務省からギャング側に情報がもれていることを示す証拠を見つけたんです」

今この瞬間も、新聞社の顧問弁護士が、アビーが書いた記事の内容を細かくチェックしているだろう。ふいに報道部が恋しくなった。ほかの記者たちや、まずいコーヒーや、彼女を〝お嬢さま〟と呼んでからかう声が。このまま彼女が報道部に姿を現さなかったら、みなはどう思うだろう。タボラの手の者に殺されたと思うだろうか。

次いで家族のことが頭に浮かんだ。アビーがこれほど危険な目にあったと知ったら、父親は激怒し、姉のミッフィーは「だから言ったでしょ」といやになるほど繰り返すにちがいない。ミッフィーの考えでは、アビーのように硬派なネタを追うジャーナリストは女性がなるものではない。どうしても記者の仕事がしたいのなら、アートシーンやファッションに関する記事を書けばいいという。もちろん、マーシャルの名で署名記事を書いたりせず、きちんとしたチャリティ機関を見つけて、その活動に専念するに越したことはないそうだが。アビーたち姉妹と同じ階級に属する女性たちの多くが、ギャラリーや広告会社で、条件がよく苦労のない仕事に就いたあと、インベストメントバンカーや弁護士と結婚して、寄付金集めや子育て競争にいそしむようになる。アビーは十六歳のころから、自分にはそうした生き方はできないとわかっていた。それなのに、ミッフィーはことあるごとにあれこれ言ってくる。この冒険を終えて戻ったあとの騒ぎが、アビーには容易に想像できた。無事、戻れるかどうか、わからないけれど。

ケヴィンが彼女に追いついてきて言った。「大丈夫かい、アビー？ 〝ジャックの今日の料理〟のせいで、胃がもたれてるのか？」

「とんでもない。とてもおいしかったわ」アビーはジャックにも聞こえるように声を張りあげた。「あんなにおいしいものを食べたのは、この前チャイナタウンで食事をしたとき以来よ」ケヴィンににっこり微笑みかける。本当にすてきな男性だ。「あなたのほうは？ 見たところ、ジャックとは何度もダブルデートした仲みたいだけど」

「たしかにそうだ。やつとはトリニティに通っていたころからの友だちだからね」

「トリニティ？」

「トリニティ・カレッジ」ケヴィンは肩をすくめた。「つまりダブリン大学だよ」

「すると彼は本当にアイルランド出身なの？ 女性受けするよう、あなたからアイルランド訛りを教わったんだとばかり思っていたわ」

ケヴィンはじゃまな草のつるを足で払いのけた。「いや、ジャックの訛りはほんものだ。それに彼は、女性を惹きつけるために何かを装わなくちゃならなくなったことなんて一度もない。彼のまわりには、いつだって女がまるで蠅《はえ》のように群がって――」

「おい、聞こえてるぞ」ジャックが怒鳴った。「それに、アビー、おれについて知りたいことがあるなら直接訊け」

アビーは気まずくなった。うっかり好奇心に負けてしまった。もう二度と同じ過ちは犯さないようにしなければならない。

ケヴィンは突き出ている枝を押しのけた。「ジャックはそう悪いやつじゃない。もっとよく知るようになればわかるさ」

「彼のことをもっと知るつもりはないわ」アビーは固い口調で言った。

ケヴィンはちゃかすような笑みを浮かべた。「ゆうべいっしょに寝た仲なのに?」

「寝てなんかないわよ」頬が赤くなるのがわかった。ジークといっしょに歩いていたほうがよかったのかもしれない。

「じゃあ、ひと晩じゅう起きていたのか。なるほどね……」ケヴィンが口笛を吹く。

アビーの右手が何かを殴りたくてうずうずした。「変なこと言わ――」彼の大きな笑い声に、彼女ははっとわれに返った。「からかったのね。ひどい人……」

「もっと言ってくれよ。ほめられるのは大好きだ。ぼくがほかに何が好きか教えようか、アビー――」

「おれのこぶしを頭に食らうのが好きなんだろう？」

気づくとジャックがふたりの前に来ていた。Tシャツの前に汗で大きなしみができ、湿った布地が第二の皮膚のように腹にぴたりと貼りついている。腹筋ばかり見るのはやめなさい。まるで変態よ。アビーは目をジャックの腹部から引きはがすようにして顔に向けた。先頭に立って道を切り開くという骨の折れる作業をしていたジャックは、顔を上気させ、青い目で彼女を射貫こうとするかのように見つめていた。

彼はケヴィンにナイフを渡した。「今度はおまえの番だ」

「願ってもないことだ」

ケヴィンは口笛を吹きながら先頭に立った。アビーにはアイルランドの抵抗歌のように聞こえたが、確信はなかった。

行けども行けどもジャングルは続いていた。ジャックが横にいて気をつけてくれていてさえ、アビーは何度か下生えの草に隠れていた大きな木の根につまずいた。着ている服は体に貼りつき、髪もべたついている。シャワーを浴びるためなら、どんなことでもするのにと思った。熱いシャワーを気がすむまで浴びたい。ううん、冷たくてもかまわない。

「へびだ！」ジークの叫び声に、アビーは現実に引き戻された。

「どこだ？」ジャックが大声で訊く。

アビーはジークの指差すほうを見た。うわっ！　ごくりと唾をのみこむ。動物園の爬《は》虫類《ちゅうるい》ゾーンにいるへびなら見たことがあるが、野生のへびを見るのはこれが初めてだ。それに、あんなに大きなへびは見たことがない。

ジャックとケヴィンがへびを追った。へびはアビーが思っていたより速く動き、何秒もたたないうちに、ふたりの姿はうっそうと茂る木々のなかに消えて、叫び声が聞こえるだけになった。

「もう耐えられない」ジークは倒れた木の幹に腰かけた。「とんでもなく暑いし、食べものはひどいし、通信手段もない。こんなところにはもういられない」

いかにも業界人らしく日焼けした肌が、すっかり青白くなっている。何かの病気にでもかかったのだろうか。アビーは彼の額に手をあてた。みなと同じようにほてってはいるが、熱はないようだ。

ジークはアビーの手首に手を置いた。「なあ、アビー、国に帰ったら、ふたりで会おうじゃ――」

これではっきりした。やはり、思いちがいではなかったのだ。ジークは自分に言い寄ろうとしている。アビーは彼の手をぴしゃりと叩いて、手首から離させたが、ジークは少しも動じなかった。自分より三十歳ほど若い女性にちょっかいを出すのはいつものことだといわんばかりに笑みを浮かべている。アビーは思わずあとずさった。「いいかげんにしてくださいい。どうかしてるんじゃないですか？」

茂った葉がつくる緑のカーテンがわかれて、ジャックとケヴィンが現れた。ふたりとも勝ち誇ったような顔をしている。「きみはおれのことがどのぐらい好きなんだ？」ジャックが尋ねた。

「これっぽっちも好きじゃないと言ったら、信じてもらえる？」

ジャックはアビーに微笑みかけた。「そう言うのは勝手だが、おれとケヴの機嫌を損ねないほうがいいぞ。夕食を獲ってきてやったんだから」

アビーの胃が引っくり返った。「それってへびのこと？　へびを食べるっていうの？」

「なまで食べるわけじゃない」ケヴィンが言った。「焼いて食べるんだ。信じてくれ、アビー。チキンみたいな味がするから」

獲物を手に戻ってきたふたりの高揚した気分は、ジークが吐く音によって台なしにされた。

アビーたちはそれからもう二時間ほど、うっそうとしたジャングルを苦労しながら進んだ。アビーは足になじんだ実用的なブーツを履いていたが、足の裏がまるで火がついたように熱かった。

「よし、今夜はここで野宿しよう」ようやくジャックが言った。

これ以上、耳に心地よい言葉はないように思えた。ケヴィンがハンモックを吊るあいだに、ジャックは火をおこした。「木の葉をとってきてくれないか、アビー。長いやつがいい」

アビーがその場を離れるのを待って、ジャックはへびをさばきはじめた。少し歩いてから、彼がわざと自分を遠ざけたことにアビーは気づいた。彼女がいやな思いをしないようにしてくれたのかもしれない。彼にもやさしいところがあるのだろうか。

そう思うと、うれしくなった。

「アビー、何をぐずぐずしてるんだ?」ジャックが怒鳴った。

やさしいだなんてとんでもない。アビーは急いで彼のもとに戻った。

地面に掘られた小さな穴のなかでたき火がたかれて、へびはぶつ切りにされていた。ジークでさえ胃のむかつきに打ち勝ち、へびの肉をもの欲しそうに見つめている。「チキンみたいな味がすると言ってたな?」

「ああ、チキンみたいな味がする」ケヴィンは繰り返した。

ジャックはへびの肉を湿った葉で包んで、火に入れた。やがて、おいしそうなにおいが漂ってきて、アビーはへびの肉なんてごめんだと思いながらも、口のなかに唾がわくのを止められなかった。朝からナッツを少しと幼虫とすっぱい木の実しか食べていない。

へびの肉はごちそうだった。

「頭や骨はぼくがあとで埋めておくよ」ケヴィンが申し出た。「食べものをさがす動物たちの注意を引きたくないからね」そう説明する。

食べものをさがす動物たち。その存在を、アビーはすっかり忘れていた。ここはジャングルのまんなかで、周囲にひそむ危険から彼女を守ってくれそうなのはジャックとケヴィンだけなのだ。

ジャックがアビーの考えを読んだかのようにウインクして言った。「心配するな。きみにはおれがついている」

「かえって心配だわ」アビーはつぶやいた。

夜になるのが怖かった。今夜また、男らしくたくましい体を押しつけられたら、どう反応してしまうかわからない。けれども、自分の分のへびの肉を半分ほど食べたところで、疲れが一気に襲ってきた。まぶたが閉じそうになるのを必死にこらえていると、ふいにジャックの声がした。「ハンモックは吊ってある。先に寝てろ。おれはこの場所の安全をもう一度たしかめてから行くから」

アビーはありがたく思いながらうなずいた。反論する元気もない。湿ったハンモックはこれまでに寝たことのあるどんな豪華なベッドよりも心地よく思えた。少しのあいだ、身を硬くして、ジャックが来るのを待っていたが、疲労には勝てなかった。ジャックが来たときには、アビーはぐっすり眠っていた。

翌朝、生い茂った草を踏みわけて進みながら、ジャックは何かがおかしいと気づいた。うしろを振り返ると、アビーがケヴィンの顔を見上げていた。ジャックは彼女の目つきが気に入らず、気づくと歯をぎりぎりいわせていた。ケヴィンとアビーがカップルになれば、やっかいな執着心も薄れると思っていたが、今になって、それは自分が最も望んでいないことだとわかった。彼女を守りたかった。昨夜、隣でぐっすり眠るアビーを、ジャックは思わず抱きしめていた。ふたりは同時に目を覚まし、一瞬、見つめ合ってから、あわてて左右にわかれてハンモックからおりた。アビー・マーシャルを抱きたくてたまらなかった――これほどまでに強く女を抱きたいと思ったことがあっただろうか。だが、ジャックはアビーに惹かれるとともに、彼女を恐れてもいた。彼女は世慣れてはいるが、無邪気でもある。自分がとても魅惑的な女性であることに気づいていない。アビーがすぐれた女性らしくふるまえばふるまうほど、ジャックは、彼女が彼とともにどれだけ深いところまでいけるのか、教えてやりたくなる。とはいうものの、アビーといっしょに深いところまでいくのは現実には無理だ。それでもジャックは、アビーがケヴィンの魅力にとらわれそうになっている気配はないか、目を凝らした。ケヴィンと彼女がいっしょのところを見るのはつらかった。

ふいに、これまでと何がちがうのかわかった。二日間ずっと文句を言いどおしだったジークが黙っている。今まで気づかなかったが、ありがたいことに、ようやく文句を聞かされずにすむようになった。ジャックは足を止めて、ジークのようすをたしかめた。すっかり血の気を失っている。文句を言わなくなったのは、しゃべれなくなったからにすぎないのだ。息は荒く、いかにも苦しそうだ。

「ケヴ」ジャックは険しい声で言った。「おまえがジークのようすに気をつけてくれてるもんだとばかり思ってたよ」

アビーの言葉に耳を傾けていたケヴィンは、ジークに注意を向けた。「大変だ」まさにそうだった。ジャックはジークを座らせて、腕の具合をたしかめた。ひどく腫れあがり、見るからに痛そうだ。ジャックが少しでも腕を動かすと、ジークは痛さに縮みあがり、あわれっぽくうめいた。ジャックはジークにパラセタモールをさらに二錠のませてから、その残りをもの欲しそうに見つめた。頭がひどく痛むが、鎮痛剤はあと六錠しかないし、彼よりもジークのほうがそれを必要としている。

ぐっしょりと湿っている薄いモスリンの三角巾だけでは、痛めた腕をしっかり支えられない。ジークを歩かせるためには、三角巾を何かで補強しなければならないが、何を使えばいいだろう。心のなかで、自分たちが持っているものをひとつひとつ検討したが、ちょうどいいものはなかった。

アビーがジークに水を何口かとテキーラをひと口飲ませた。心配そうにジークを見ている。どういうわけか、緑色の目がいっそう美しく輝いているように見えた。ジャックは胸がしめつけられるのを感じた。自分もアビーにあんなふうに見つめられたい。

ジャックはつかのま、甘美な妄想にふけった。アビーが裸でベッドに横たわり、輝く瞳で彼を見上げている。彼は……。ジャックは脳裏に次々と浮かぶ映像を断ち切った。彼がアビーにしたいと思っていることをしようものなら、彼女は悲鳴をあげて逃げ出すにちがいない。そして、彼女がそれについて書いた記事が、新聞の一面を飾るだろう。ときに歓びは、その代償に値しないことがある。

それでもジャックはアビーから目をそらすことができず、彼女の胸がジークの体をかすめると、その乳首が自分の肌にふれたような気がした。

おかげでいいことを思いついた。「アビー、ブラをはずすんだ」

「なんですって？」

ショックのあまり半開きになった口のなかに、誘うようなピンク色の舌が見える。アビーの驚きに満ちた表情は、媚薬《びやく》そのものだった。ジャックは彼の意思に反して、彼自身が硬くなるのを感じた。しずまれ、今はそんな場合じゃない。

「ジャック、いったい何を――」ケヴィンが言いかけたが、ジャックの表情を見て、口をつぐんだ。

「ブラの肩ひもなんかには伸縮性があるだろう？　三角巾を補強して、ジークの腕をちゃんと固定するのに使える。ジークにはまだ歩いてもらわなきゃならない。それほど重くはないだろうが、この先ずっと抱えていくのは無理だから」

ジークは低くうなっただけで、何も言わなかった。口をきく元気もないらしい。どうしてもそうしなければならないのなら、彼とケヴィンとでジークを抱えていけるだろうが、そうするとアビーに先頭を任せることになる。アビー自身も昨日はそう申し出たし、まだまだ元気なように見えるが、ジャングルで道を切り開くのに必要な筋肉を彼女が持ちあわせているとは思えなかった。

ジェット機を着陸させようとしていたとき、ジャックは湖の縁が光るのを見た。墜落しないようにするのに必死で、地上にはあまり注意を払っておらず、ちらりとしか見えなかったが、あの光こそが頼みの綱だと信じていた。ちゃんとした町があるとは思えないが、人が住んでいる場所にたどりつけば、なんらかの通信手段があり、助けを呼べるはずだ。距離にしてどれぐらいあるのかわからなかったが、二、三日歩けば着くだろうと踏んでいた。食料や装備が不足しているという危機的状況にあっても、それぐらいなら歩けるのではないかと思った。ジャックのほかにはケヴィンだけが、自分たちが置かれている状況の深刻さを正確に理解していて、ショックを与えないよう、ほかのふたりには黙っていると約束してくれた。湖まで行くには、四人それぞれが自分の足で歩かなければならない。ジークも例外ではなかった。

「ブラをくれ、アビー」ジャックは言った。「必要なんだ」おだやかでありながらも、本気だということがわかるような口調で続ける。下着ひとつで大騒ぎする女の相手をしている暇はなかった。

アビーはジャックからジークへと視線を移し、ふたたびジャックに戻した。そして「わかったわ」と言ってジャックを驚かせるとともに、無視したほうがいい考えを彼にもたらした。「でも、三人とも向こうを向いていてね」

ジャックはうなずいた。それぐらいの頼みは聞いてやろう。アビーに背を向けると、がさごそという音が思っていたより長く続き、想像がふくらんだ。「ケヴィン、前を向いていて」アビーが険しい声で言った。

「ばれたか」ケヴィンがつぶやいた。ジャックは古くからの友人を、あとで懲らしめてやることにした。アビーがブラをはずすところを見ようとするなんて、もってのほかだ。すると、アビーが手早くボタンをはずしていくところが目に浮かんだ。シャツが肩からすべり落ち、やわらかそうな白い肌とレースのついたブラが現れる。ホックは前にあるのだろうか。それともうしろだろうか。うしろだ、とジャックは思い、アビーがホックをはずそうとして背中に手を伸ばし、前かがみになって、彼にさわってくれといわんばかりに胸のふくらみを突き出すところを想像した。ホックがはずれ、肩ひもが腕から抜かれて、ブラが取られ、待ちきれない思いで見つめる彼の目の前に、ついに乳房がさらされる。丸く、彼の手にちょうどおさまる大きさで、アビーが息をするたびに小さく揺れている。先端には淡いピンク色の乳首がある。ブラを取ってすぐにはやわらかかった乳首が、空気と彼の目にさらされて硬くなる。アビーは両腕をうしろに引いて胸を突き出し、彼の口の高さまで持ってくる。彼は――。

硬く大きくなったものがジーンズの前を押しあげた。落ちつけ。何かほかのことを考えるんだ。たとえば虫のこととか。そう、幼虫を食べることを考えろ。効果てきめんだった。アビーが「はい」と言ってブラを差し出したときには、ジャックは落ちつきを取り戻していた。

だが、アビーが差し出しているレースのついたピンク色のブラを見ると、興奮がよみがえりそうになり、ブラからほのかに漂うアビーの香りを嗅ぐと、ますますやっかいなことになった。

「いい子だ」ジャックは無意識に言っていた。アビーは冷ややかな目で彼を見たものの、息が深くなったような気がした。だめだ、このままじゃいけない。

「そんなふうにおれを見るんじゃない」ジャックはアビーに言った。「まるで尻を叩かれたような顔をしてるぞ」

「なんですって？」アビーの目がいっそう険しくなり、危険なほどに輝いた。

ケヴィンが大きな声で笑った。「ジャックが何を言おうが気にするな。こいつは口が悪いんだ」

アビーが手を引っこめようとしたが、ジャックはすばやくブラを取って、ジークのほうを向いた。ブラを引き裂いて、肩ひもで三角巾を補強し、ジークの腕を固定する。

「ジークのようすに気をつけていろ」アビーに命じると、ナイフを手に取って先頭に立った。

「あなたはわたしのボスじゃないわ」アビーはそう言ったが、彼の言葉に従ってジークのそばに行った。

きみがそう思っているだけだ、とジャックは思ったが、口に出して言わないだけの分別は持ちあわせていた。

アビーは自分が言ったことが信じられなかった。まるで十歳の子どもだ。実際、この前同じことを誰かに言ったのは、五年生のときに、学校の募金活動のためにカップケーキを焼くのを手伝えと姉のミッフィーに命じられたときだったはずだ。

それにもかかわらず、アビーはこれが初めてではないが、誰かに主導権を握られるのを自分が奇妙にも心地よく思っていることを認めないわけにはいかなかった。ふだんの彼女はやる気満々で意欲的だ。婚約者のウィリアムとの関係においても——ちなみに婚約したのは彼がそうしようと言ったからだった——主導権を握り、計画を立てるのは、彼女のほうだ。けれども今はこれからどうなるのかさっぱりわからず、正直なところ、これからどうなるのか知りたいと熱烈に思うわけでもない。服や体は汚れて気持ち悪く、おなかも空いていたが、不安ではなかった。ジャック・ウインターには自分がしていることがわかっているという、まったく根拠のない確信があったからだ。彼女の心は、積極的な態度をとろうとしない自分への嫌悪と、従順すぎる自分へのとまどいとのあいだで揺れ動いていた。文明社会に戻ったら——あくまでも戻れたらの話だが——今の心の状態を、キットといっしょに時間をかけて分析してみよう。どうして人々が高い金を払って大自然のなかに冒険しに行くのかわかるような気がした。そうすることで、自分についてあらたな発見ができるのだろう。

四人は生い茂った下生えや熱く湿った空気や暑さと戦いながら、ジャングルを黙々と進んだ。歩きつづけるためには気力と体力を総動員しなければならなかった。ジャックとケヴィンが先頭と最後尾を交代で務め、アビーはジークのようすに気を配り、彼がつまずいたときには手を貸して、その体を支えた。長い会話をする時間や息の余裕がある者は誰もいなかった。

会話に気をとられなくなって初めて、熱帯雨林には驚くほどさまざまな音が満ちていることに気づいた。虫や鳥の鳴き声や羽音がつねにして、ときにはジャガーのうなり声さえ聞こえてくる。最初に聞こえてきたときには、誰もが顔をこわばらせた。「大丈夫」ジャックが言った。「今のはジャガーのうなり声だ。人間がジャガーに襲われることはめったにない」三人がほっと息をつくと同時に、彼はつけ加えた。「へびに咬まれて命を落とすことのほうがはるかに多い」

ジャングルで距離の見当をつけるのはむずかしかった。道を切り開きながら進まなければならないうえ、しょっちゅう足を止めて、土砂降りの雨をやり過ごさなければならない。アビーのシャツは雨がやんでしまえばすぐに乾いたが、ジーンズとブーツにはすっかり水がしみこんでしまい、身につけているのが苦痛だった。

男たち三人の目が彼女の胸に引きつけられているのも、アビーには苦痛だった。ブラをしていない今、彼女が歩くたびに胸が揺れる。そして当然ながら、雨が降るとシャツはまるで第二の皮膚のように体にぴたりと貼りつき、乳首が強調された。アビーは気づいていないふりをすることにした。そうするしかなかった。

ようやくジャックが今日はここで野宿しようと言った。頭上にうっそうと葉が茂っているので、太陽の位置は確認できなかったが、日の光がわずかに傾いてきたのがアビーにもわかった。今は四時半で、一時間後には日が沈むとジャックは言った。

ジークはもうろうとしていたので、アビーは彼を座らせて、体調をたしかめた。「疲れているだけだと思うわ」ほかのふたりに告げる。

「どこでそうしたことを身につけたんだ?」ジャックが尋ねた。

「平和部隊よ。いいえ、白状するわ。わたしはキャンディ・ストライパーだったの」アビーは頬が熱くなるのを感じた。

「キャンディ・ストライパーって?」ケヴィンが訊いた。ジャックもとまどいの表情を浮かべている。

「知らないならいいわ」アビーはそう言っただけで説明しなかった。高校と大学に通っていたときに、キャンディみたいな赤と白の縞柄の制服を着て病院でボランティアとして働いていたと話したら、まるでナイチンゲールだなとかなんとか、からかわれるだろう。そんな冗談を聞く気分ではなかった。

アビーは木の下に腰をおろした。ジャックもケヴィンも何も皮肉めいたことを言わなかったので、自分もジークと同じぐらい具合が悪いように見えるにちがいないと気づいた。

「座って休んでろ」ジャックが言った。「食べられる木の実を見た気がする。とってくるからデザートに食べよう」

「まあ、生きた幼虫とジューシーな木の実の好きなほうを選べるのね?どっちにしようかしら」アビーは言った。からかうような口ぶりを装ってみたものの、ジャックがやさしくしてくれることにほっとしていた。目を閉じて、木にもたれた。

少しのあいだ、うつらうつらした。ケヴィンが野宿の準備を始めた。ハンモックを広げて、木に吊りさげている。よかった——もうすぐ、ぐっすり眠れそうだ。戻ってくるジャックの足音が聞こえてきた。アビーはもぞもぞと体を動かし、あくびをしながら、大きく伸びをした。

頭の横で何かが動いた。目を開けて、気配がするほうに顔を向けると、目の前に、これまでに見たことがないほど大きなへびの牙《きば》があった。

6

ジャックの脳が茶色いものの正体を認識する前に、体が動いた。アビーに襲いかかろうと身構えていた長いへびを、ジャックは手にしていた木の枝で叩き、地面に払い落とした。へびはアビーからジャックに注意を移し、彼がまばたきする間もなく、さっと向きを変えて、一メートルも離れていない場所で牙をむいた。

「ジャック！」アビーが叫び、体を動かしたおかげで、へびの注意が一瞬それた。ジャックはその隙をついて枝でまたへびを叩き、前に出て、頭を踏みつけた。

へびは三メートル近い体をくねらせてもがき、激しく抵抗した。へびの皮は分厚く、背の隆起はナイフのように鋭い。へびのしっぽに打たれてジャックのジーンズは切れ、その下の肌にまで傷がついた。

「ケヴ、ナイフ」ジャックはへびと戦いながら、やっとのことで言うと、つかのまへびから目を離して、ケヴィンが投げてよこしたナイフに手を伸ばした。最初、つかみそこねたが、地面に落ちる前にどうにかナイフの柄《え》をつかみ、へびの背に突き刺した。へびはもう一度飛びかかってこようとしたが、そうするより先に死んだ。ジャックは大きくあえいで、やっとのことで肺に空気を送りこむと、上体を起こした。

「アビー、咬まれたのか？」

アビーは黙って首を横に振った。驚きのあまり口もきけないようだ。

「おい、こいつはいったいなんてへびだ？」ケヴィンがジャックのそばに来て、へびを見つめた。

ジャックはへびに目を戻した。見まちがいであることを祈ったが、そうではなかった。褐色の地に黒いひし形の斑紋と隆起した鋭い背を見れば明らかだ。

「ブッシュマスター。熱帯雨林に棲《す》む最も大きな毒へびだ。〝雄牛殺し〟とも呼ばれてる。一度咬まれれば、十分もしないうちに死んでしまう」

ジャックは一応、咬み傷がないかたしかめたが、咬まれていないことはわかっていた。もし咬まれていたら、今ごろはすでに死にかけているだろう。ブッシュマスターに咬まれたら、誰も無事ではいられない。戻ってきたときに木の枝を手にしていて運がよかった。ハナブサヤシの実を落とすのに使った枝を、アビーに杖として使わせようと、持ってきていたのだ。ジャックが枝を手にしていなければ、今ごろアビーは死んでいたにちがいない。

ジャックはひと口分残っているテキーラをもの欲しげに見つめた。こんなときには酒でも飲みたいが、ジークのほうが彼よりテキーラを必要としている。どちらにしろジャックは、アイリッシュウイスキーのブラックブッシュのほうが好きだった。

アビーが反対するのを無視して、へびを料理した。アビーはショックから立ちなおったらしく、ブッシュマスターは絶滅危惧種じゃないのかと訊いてきた。

ジャックは自分の耳が信じられなかった。「ああ、そうだ。悪かったな。今度、毒へびがきみを咬もうとしたら、好きにさせるよ」へびの頭を手にして、大きな牙を彼女に見せる。「こんなのを見せられても、平気なんだよな?」

「身内の人間を思い出すわ」アビーは身を震わせながらも、小さな笑みを浮かべた。デザートにハナブサヤシの実をいくつか食べさえした。

あたりが暗くなるころには汗も引き、鼓動も落ちついていたが、ジャックはなおも興奮状態にあった。これほど死を間近に感じたことは、久しくなかった。しかも死はアビーの身にもせまっていた。へびが彼女の腕に咬みつこうとしているところが脳裏によみがえり、ジャックは身震いした。あの光景は決して忘れられそうにない。

ジャックはアビーと並んでハンモックに横になった。体にふれる彼女の体の温かさややわらかさは無視しようと心に決めていたが、アビーがかすかに震えているのに気づかないふりをすることはできなかった。アビーを抱き寄せて言った。「大丈夫だよ。無事だったんだから」

アビーを抱きしめ、背中をそっとなでて、彼女が恐怖から立ちなおるのを待つ。まったく別の方法でアビーの気をまぎらわせ、癒やしたいという衝動は、必死に抑えこんだ。

永遠とも思えるあいだ、アビーは彼の腕のなかで身を震わせていた。曲線に富む体がジャックの体に押しつけられ、彼女のにおいが鼻孔をくすぐる。ジャックは、アビーを組みしいて、準備ができていない彼女の体に、先ほどとはちがう種類の興奮がもたらす情熱のすべてをぶつけたいと願う、心のなかの悪魔と戦った。

するとアビーが彼に一線を越えさせた。両腕をジャックの首に巻きつけて、頭を引き寄せ、キスしてきたのだ。お礼のキスだとジャックにもわかる、軽く唇をふれるだけのキスだったが、彼のなかの野獣はそんなことは気にしなかった。

唇がふれたとたん、ジャックは主導権を奪ってアビーを抱き寄せ、唇をむさぼった。初めてのキスにふさわしい、相手を知ろうとするおだやかなキスではなく、所有欲に満ちた荒々しいキスだった。アビーが差し出してきたものをいただかないわけにはいかない。ジャックはアビーの唇を激しく奪った。いくら味わっても、味わい足りなかった。

アビーがのどの奥で小さなうめき声をあげた。そのうめき声は、たきつけに火をつけるマッチの炎の役割を果たした。ジャックの自制心が吹き飛んだ。アビーの口に舌を差し入れ、彼女を支配して、あとには引けなくする。アビーはおれのものだ。おれにはこの女を征服する権利がある。アビーがためらいがちに彼の舌に舌をふれさせると、ジャックはわれを忘れた。

アビーの背中にまわしていた手をすべらせて、やわらかな胸のふくらみを包んだあと、シャツの下に差し入れて、なめらかな肌をなでる。いつまでもなでていられそうだ。胸のふくらみをそっともみ、親指で乳首にふれる。てのひらでこすると、乳首は硬くとがった。アビーはふたたびうめき声をあげ、体をくねらせて、胸を彼の手に押しつけてきた。彼と同じぐらい興奮しているらしい。ジャックは体の位置を変えて、硬くこわばったものを彼女の体に押しあてた。アビーは腰をねだるようにすりつけてきた。

「おい、ジャック」暗闇にケヴィンの声が響く。ジャックは冷水を浴びせられたような気がした。「まさか、おまえの大蛇が悪さしてるんじゃないだろうな？」

アビーが身をこわばらせた。

ジャックが考えをまとめ、声帯に力を入れて答えられるようになるまで、少しかかった。「おれの知るかぎり、してない」

「おまえの知るかぎりだって？　よく言うよ。そんな場合じゃないって、わかってるだろう？　くそったれが！」ジークも眠そうな声で文句を言った。

台なしだった。アビーはすでにジャックからできるだけ離れていた。ジャックは、その気になれば、情熱的にキスしてきた女を呼び戻せると思ったが、じゃまが入ったおかげで、アビーと深い関係になるのはやめておいたほうがいい理由を思い出した。アビー・マーシャルとのキスは夢のようで、彼女はセックスそのもののにおいがしたとしても、彼女が記者であることには変わりない。それを忘れてはいけないのだ。

その晩ずっと、アビーはハンモックの端にしがみつき、彼に背を向けていた。幸いにも。


〝わたしはジャック・ウインターとキスをした。ああ、なんてこと。本当にあったことだなんて、とても信じられない。しかも、わたしからキスしたのだ〟こんな見出しは絶対に見たくない。アビーは深く息をついた。あれは一度かぎりのことだ。自分は毒へびに襲われかけたせいでショック状態にあった。相手が誰でもキスしていただろうし、なんの意味もない。癒やしのキスだったのだ。

相手がケヴィンかジークでもキスしていたというの？　とからかうように問いかける小さな声は無視しようとした。いったい誰をだまそうとしているのだろう。ジャック・ウインターをひと目見た瞬間から、アビーは彼が放つ性的魅力を無視できなくなっていた。こんなにも強烈な魅力を感じたのは初めてだった。

アビーはジャーナリストだ。極限状況にあっても客観的な態度をとることには慣れている。だから、ジャックのことを、観察するに値する興味深い人物ではあるが、自分にとって重要ではない人間として扱おうとしてきた。さらに、ジャングルを進むのに集中することで、気をまぎらわそうともした。バンパイア・キラーのバフィーから女子高生探偵のヴェロニカ・マーズまで、活発で独立心に富むヒロインを次々と思い浮かべさえした。とはいえ、そうしたヒロインたちも、結局は、ひとりの男に屈するのだ。

アビーはジャックを起こさないよう、そっと彼のほうを向いた。無精ひげが、ジャックをより危険で印象的な男に見せている。不公平もいいところだ。彼女のほうは、ただ汚らしく、悪臭を放っているというのに。近いうちに顔や体を洗えなければ、どうにかなってしまうだろう。

ハンモックから静かにおりて、リュックサックのところに行った。リュックサックには防水加工がほどこされていたのでノートパソコンは無事だった。バッテリーもまだ切れていない。少しでも文明化された土地にたどりついたら、仕事に取りかかるとしよう。

「おはよう、アビー」ケヴィンが伸びをしながらあくびをした。「そのリュックのなかに食べられるものが入っていたりしないよね？」

「入っていればいいんだけど」アビーは悲しそうに微笑んだが、ふいに思い出した。トンコンティン国際空港で、電話をかけるために五百レンピラ札をくずしたのだ。リュックサックの前ポケットを探る。どうかありますように。手がチューインガムをつかむと、アビーは小さく勝利のおたけびをあげた。

ケヴィンにガムを一枚差し出す。

彼は大喜びして受け取った。「アビー・マーシャル。愛してるよ。ぼくの子どもを産んでくれ」

アビーは目をぱちぱちさせた。「まあ、オマリーさん、それはどうも。子どもは何人産めばいいかしら?」

ケヴィンはいたずらっぽく笑った。「十人ぐらいかな。ぼくは大家族が好きなんだ。子づくりは大変かもしれないが、ぼくはいっこうにかまわない」

「おれもな」ジャックがうなるような声で言った。

アビーはジャックにちらりと目をやってから、すぐにケヴィンに戻した。ジャックはますます危険な男に見え、怒りに満ちた表情をしている。アビーはいやな気分になって、無言のまま、彼にもガムを一枚渡した。

木の実とチューインガムの朝食をとったあと、四人は出発した。ケヴィンが先頭に立ち、口笛を吹きながら道を切り開いた。ジャックがアビーの横に来て言った。「陽気な男だろう?」

「あなたはそうじゃないわね」アビーはそう言い返さずにはいられなかった。

ジャックはアビーの腰に手をまわした。「きみがそのほうがいいと言うなら、おれだって陽気な男になれる」

アビーは彼の手をぴしゃりと叩いた。「わたしのために無理する必要はないわ。つくり笑いしすぎて、顔が痛くなったら困るでしょ」

ジャックはリュックサックを叩いた。「このなかにいったい何が入ってるんだ？」

「とくに何も。水だけよ」

前方でケヴィンが足を止め、息を整えた。「おまえが先頭に立つ番だぞ、ジャック」

アビーはほっと息をついた。ノートパソコンは機内に置いていけというジャックの命令にそむいたと知ったら、彼はいい顔をしないだろうとわかっていた。

二時間もたたないうちに肩が痛くなってきた。今まではブラの肩ひもが守ってくれていたようだ。背中を汗がつたい落ちる。もっと暑くなるのだろうか。

ジャックのTシャツは汗で色が濃くなっていた。「よし、休憩だ。水分をとろう」

アビーは下生えの草を蹴って、何もいないことをたしかめてから、倒れた木の幹に座った。リュックサックを肩からおろし、なかから水の入ったペットボトルを出して、ジャックに渡す。

「いい子だ、ありがとう。これでまたがんばれる」

いったい自分を何さまだと思っているのだろう。いい子だ、だなんて頭にくる。アビーはジャングルにも、ジャックにも、ペットか何かのように呼びかけられるのにもうんざりだった。「いい子だなんて言うのはやめてくれる？　いったいわたしをなんだと思っているの？　犬だとでも？」

ジャックは水を飲むのをやめて、手の甲で口をぬぐった。「いったいどうしたんだ？

礼を言っただけじゃないか」

「そういう保護者ぶった態度をとるのはファンに対してだけにするのね。いい子呼ばわりされようが、ペット扱いされようが、ファンなら気にならないでしょうから」

ジャックはアビーのそばに来て、彼女を見おろした。「きみも、ゆうべは文句を言わなかったと思うが」

ケヴィンとジークに見られていたので、アビーはジャックを叩きたくなるのをこらえた。ハンモックのなかでジャック・ウインターとあんなにも親密なおこないをしたと知られたら、この先、生きていけそうにない。「なんのことを言ってるのか、わからないわ」

「本当に？」ジャックの青い目がいらだちと、何か意味ありげな感情で輝いた。「思い出すのを手伝ってやろうか？」

アビーは立ちあがって、にっこり微笑んだ。「いいえ、けっこうよ。そんなことしてもらうぐらいなら、へびとデートするほうがいいわ」

もう一時間進んだところで、ようやくジャックが昼食にしようと言った。みなひどく腹を空かせていて、ジークでさえ、冷えたへびの肉を食べさせられるとわかっていても文句を言わなかった。へびの肉のほうが幼虫よりはましだ。アビーはうめき声をあげながら、リュックサックを肩からおろした。彼女が顔をしかめているのに気づき、ジャックがそばに来た。

「おい、そのリュックに何が入ってるんだ？」

「とくに何も。さっきも言ったで――」

ジャックはリュックサックを取りあげて、中身を地面にぶちまけた。水の入ったペットボトル。浄水タブレット。小さな洗面用具入れ。使用済みの下着が入ったビニール袋。キンドル。携帯電話。重いラバー製のカバーに入った大事なノートパソコン。最後にICレコーダーがリュックからすべり出て、ジャックの足もとに落ちた。ジャックはそれを拾って、ポケットに突っこんだ。

アビーは地面を見つめた。ジャックと目が合わせられなかったが、彼が全身から怒りを放ちながら自分の前に立ったのはわかった。「おれはなんて言った？」

非常に静かな声だったが、どういうわけか怒鳴られるより恐ろしく感じた。

「アビー」ジャックはそっと手を伸ばしてアビーの顎をつかみ、うえを向かせた。アビーは彼を見つめるしかなかった。

「これはわたしのノートパソコンよ。どこにだって持っていく。あなたには関係ないことだわ」

ジャックの険しい表情が、アビーは返事のしかたをまちがえた、と告げていた。

「おい、ジャック、アビーの好きにさせてやれよ。彼女が持っていきたいって言うなら

「──」

ジャックはケヴィンをじろりと見て黙らせてから、アビーに注意を戻した。手で顎をそっとつかんだまま、のどにかかった髪をうしろに払いのけると、アビーが抗議する間もなくシャツのボタンをふたつはずして襟もとを大きく開き、片方の肩を外に出した。肩ひもでこすれたところの皮膚がむけて赤くなっている。

「おれを見るんだ、アビー」

アビーは目を上げて、彼の刺すような視線を受け止めた。

「こういう場所では、ほんのかすり傷でも重い傷になりかねない。ノートパソコンはまた買えばいいが、きみはそうはいかないんだ。もしまたおれの言うことに逆らったら、ただではすまないからな。わかったか？」

アビーはごくりと唾をのみこんで、うなずいた。

「ここを出るまであずかる」ジャックはアビーを放し、中身を戻したリュックサックを持って歩き去った。

アビーも歩きはじめた。あつかましいったらない。いったい何さまのつもりなのだろう。リュックを取りあげたうえ、おどすなんて。こっちだって、ただではおかない。文明社会に戻ったら、思い知らせてやる。「なによ、偉そうに……」アビーは小声で文句を言った。

ケヴィンがにやりと笑いかけてきたが、アビーは微笑み返さなかった。怒りを覚えるとともに、なぜか心が痛んでいて、それがまた腹立たしかった。ジャックを失望させてしまった。彼の期待を裏切ってしまった。これほどみじめな気持ちになったのは、六年生のとき、あやまって窓を割ってしまったとき以来だった。

アビーは無言で悲惨な昼食をとった。焼いた幼虫をやっとのことでのみ下す。ケヴィンがくれた、てのひらいっぱいの木の実を食べても、気分は明るくならなかった。ジャックが先頭に立ち、残りの三人はそのあとについて、ときおり降る雨のなかも休まずに進んだ。三キロほど歩いたところで、ジャングルの音にそれまでとはちがうものが加わった。水が流れる音だ。

ケヴィンがぱっと顔を輝かせた。「聞こえるかい？」

すっかり無口になっていたジークでさえ笑みを浮かべた。「調べたほうがいいという意見に一票」

「二票」アビーは手を上げたが、洗っていない体のにおいが漂ってきたので、あわてて腕をおろした。

「なあ、ジャック」ケヴィンが彼に呼びかけた。「ちょっとまわり道しよう」

四人は道をそれて、細い曲がりくねった道を進んだ。水の音が大きくなるにつれて、アビーは元気になってきた。

やがて開けた場所に出た。向こう側に湖が見える。「やったぞ」ケヴィンがシャツのボタンをはずしはじめた。

ジークはぺたりと座りこんだ。「人の手を借りないと服が脱げそうにない」アビーを見る。

「いやです」アビーは言って、ブラで吊られている彼の腕を意味ありげに見た。「服に関してわたしの厚意はもう得られないと思ってください」

アビーはあたりを見まわした。二日以上、強制的に寝起きをともにさせられてきたとはいえ、男たちの前で服を脱ぐつもりはない。湖の縁に沿って歩きはじめた。

「アビー、あまり遠くには行くなよ」ジャックが声をかけてきた。「水に入るときは充分に気をつけるんだぞ」

アビーは返事をしなかった。ケヴィンが喜びの声をあげるのが聞こえた。続いて大きな水音がしたかと思うと、水をかけられたジークが文句を言った。ジャックは何も言わなかった。

大きな湖から、ほんの少し離れたところに小さな浅い池があった。水はきれいに澄んでいる。アビーはうしろを振り返った。男たちはなおも湖のなかではしゃいでいるようだ。水浴びをする時間は充分にありそうだった。

ジーンズとブーツをすばやく脱いで、つま先を水につける。水は風呂の湯と同じぐらい温かかった。誘惑が強すぎた。アビーは頭からシャツを脱ぎ、ショーツを脱いだ。急いで服を洗って岩のうえに広げておけば、水浴びしているあいだに乾くかもしれない。

何分もしないうちに、アビーは衣類を洗って岩のうえに広げ、池に足を踏み入れていた。水がシルクのように肌を包む。あおむけになって目を閉じた。人工的に調整されたリラクゼーション用のフローティングタンクに入るよりもずっと気持ちがいい。髪を洗っていると、遠くから、男たちの叫び声が聞こえてきた。

「もう少しだけ」アビーはつぶやいた。

暖かな日射しを浴び、水になかば浮かびながら、安らかな気分でうつらうつらした。

「アビー、どこにいるんだ？」ジャックの叫び声に、アビーははっと目を覚ました。あわてて水から出ながら、しどろもどろに答えた。「わ、わたしなら大丈夫よ。こっちに来ないで。今、服を着るから」

ジャックが低い声で笑うのが聞こえた。

アビーはショーツをつかんだ。まだ湿っていて、とても穿けそうにない。何気なく肌をなでると、何かぬるぬるしたものに指がふれた。驚いて払い落とそうとしたが、落ちなかった。

「痛い！」もう一度、払い落とそうとしたが、どうやらそれは彼女を咬んでいるようだった。背中と脚がまるで火がついたように熱くなった。何かが髪の毛のなかを動いている。アビーは悲鳴をあげた。

「アビー？」ジャックの叫び声には、彼女を心配する気持ちがこもっていた。

「いいから来ないで」落ちついた声を出すのはむずかしかった。何かに咬まれているのだ。

ジャックが茂みのなかから姿を現した。アビーは短く悲鳴をあげて、体を隠そうとした。

ジャックはてのひらをうえに向けて、ゆっくり近づいてきた。「大丈夫、アビー。おれが来たからには、もう大丈夫だ」

アビーは痛みに耐え切れず、うめき声をもらした。

「うしろを向くんだ。どうなっているのか見てやる」

アビーは怖いと思いながらも、ジャックが彼女に対して怒っていないことになぜかほっとしていた。

「蛭《ひる》だ」ジャックが言い、アビーは縮みあがった。

「取ってちょうだい。お願い、ジャック。早く取って」

マッチをする音が聞こえ、煙草の煙のにおいが漂ってきた。

「おれを信じてるか、アビー？」

アビーはジャックを信じていた。横柄な男だと思いながらも信じていた。「ええ」かすれた、あわれっぽい声が出た。

「よし。その気持ちを忘れるな。少し熱いが、こいつらを退治するためだ」

煙草の火が肌に近づけられるのがわかった。蛭が焼かれる音がして、胸が悪くなるようなにおいがした。一匹、また一匹と、蛭は地面に落ちていった。

なんてばかだったのだろう。〝蛭のいる池で水浴びするなかれ〟というジャングルにおけるサバイバルの初歩的ルールを無視するなんて。おかげで、ジャックが蛭を一匹ずつ焼いているあいだ、裸で立っていなければならなくなった。また、じゅっという音がして、太ももに吸いついていた蛭が落ちた。最悪だ。ジャックにお尻を見られている。

「もっと早くできないの？」

「できるけど、ゆっくりやったほうが楽しいからね。じっとしてるんだ」

煙草の火の熱さにアビーがたじろぐと同時に、また一匹、蛭が落ちた。

「おもしろがっているのね？」

「ああ」声に笑いがにじんでいる。「こんなに楽しいデートは久しぶりだ。きみとおれと蛭と煙草。このことを『ニューヨーク・インディペンデント』に書いてもいいぞ」

アビーは目を閉じた。こんなふうに助けられたと同僚たちに知られたら、さんざん笑われて、報道部にいられなくなるにちがいない。「わたしは事件記者よ。安っぽいゴシップ記事なんて書かないわ」

アビーの言葉がジャックの癇《かん》に障ったのか、一瞬沈黙がおりた。「ああ、そうだったな。でも『ナショナル・エンクワイアラー』なら載せてくれるかもしれない。ロスに戻ったら、電話してみるよ」

「やれるもんならやってみなさいよ」アビーは精いっぱい虚勢を張ったが、今の状況に耐えられなくなりつつあった。

ジャックは手で彼女の太ももをなでた。「おれに挑戦しようっていうのか？　そんなことしちゃだめだって、わかっていてもよさそうなものだが。おれがどれだけのことができるか、わかっていないようだな」

ジャックはおどしともとれる言葉を口にして、蛭に煙草の火を押しつけつづけた。

「よし、終わった！　よく我慢したな。偉いぞ」

ほめられたことで、アビーの自制心はくずれた。アビーはくるりと向きを変えてジャックの腕のなかに飛びこみ、赤ん坊のように泣きじゃくった。彼が服を着ているのに自分は裸であることも、どうでもよかった。ただ、体にまわされた腕の温もりと、涙を受け止めてくれる広い胸のたくましさだけを感じていた。

「大丈夫。大丈夫だから」ジャックがささやいた。

恐ろしいジャックは、彼女を守ってくれる強いジャックに姿を変えていた。彼には何かがある。一見、冷笑的な男だが、じつは頼れる強さを持っている。ジャックには決してがっかりさせられないだろうと、アビーは強く確信した。

「アビー」ジャックは彼女の髪に唇を押しあてて言った。「もうすぐふたりがここに来る。おれが服を着せてやろう」

　アビーはすなおに従った。おとなしく立って、湿ったショーツとジーンズを穿かせてもらい、岩に座って、靴下を履かせてもらう。ジャックは、片方のつま先に穴が開いているのに気づき、小さく舌打ちした。

　ジャックはブーツを履かせる前に、蘭の花をつんできてアビーの髪に挿《さ》し、うしろに下がってながめた。「花もきれいだが、きみのほうがずっときれいだ」

　アビーは声をあげて泣きたくなった。何匹もの蛭に吸いつかれるという恐ろしい体験をしたあと思いがけなくやさしくされ、きれいだと言われたことで、ふいにわきあがってきた涙を、目をきつく閉じてこらえなければならなかった。

　ジャックはひざまずいてアビーにブーツを履かせ、ていねいにひもを結んだ。それが終わると、アビーを彼の前に立たせて、険しい顔で見つめた。やだ、恐ろしいジャックが戻ってきたわ。厳しい目でまっすぐに見つめられ、目を伏せたくなったが、そんなことをすれば臆病者に見えるとわかっていた。ジャックは真剣な声で言った。「アビー、ばかなまねをしたら、ただではすまないと言ったはずだ。これからは、おれの命令に従ってもらう。わかったな？」

自分でも驚いたことに、アビーはジャックに敬意を示し、こびへつらうようなことを言いそうになった。一瞬、彼に圧倒され、校長先生の前に立つ、素行の悪い女子生徒のような気分になっていたのだ。けれども、これから先ずっと、ジャックに偉そうにされるなんてまっぴらだ。だから、つくり笑いをして言った。「従わなければ、どうなるの？　お尻を叩かれるとか？　いいかげんにしてよ、ジャック。わたしはたしかにあわてちゃって、あなたに助けてもらったけど、誰もけがしたわけじゃないんだから」

ジャックの顔がいっそう険しくなった。「きみがけがしたじゃないか、アビー。蛭に吸われたところが傷になっている。笑いごとではすまないんだぞ。こうしたことを軽く見ていると、いつかは命を落とすはめになる。本当なら、ただじゃすまさないところだが、蛭に吸われて、充分に懲りただろうから」

アビーは下を向きたくなるのをこらえて、ジャックの目を見つめつづけた。「蛭よりひどいことをあなたができるはずはないわ」

ジャックは笑みを浮かべた。陽気な笑みではなかった。「いや、できる」

アビーは鼻を鳴らした。「あら、そう？　じゃあ、やってみせてよ、ミスター・ハリウッド」

ジャックが返す間もなく、ケヴィンが姿を現した。「これは煙草のにおいかい？　きみが煙草を吸うとは知らなかったよ、アビー。余っていたら、ぼくにももらえないかな？」

　ジャックは険しい目でケヴィンをにらみつけた。お得意の目つきなのだろうか。ジャックが出ている映画は何本も観ているのに、どうして今まで気づかなかったのだろう。ジャック・ウインターはつねに支配的な役を演じているが、どういうわけかスクリーンの彼には恐ろしさを感じなかった。アビーは目の前にいる男と彼がスクリーンのなかで演じる役柄とのちがいについてあれこれ考えていたので、ジャックがケヴィンの喫煙について文句を言うのをほとんど聞いていなかった。

「やめて二年になるけど」ケヴィンが言った。「また煙草を吸いはじめる、いい機会だと思ってね」

　アビーはふたりの男が言い合う声を耳に入れないようにして、考えをめぐらせた。どうしてこれまでジャックの恐ろしい一面が新聞やテレビの芸能ニュースで取りあげられなかったのだろう。映画スターではなく、セレブの仮面に隠された男の真の姿を紹介する記事を書いてみたいと初めて思った。ジャックにおどされてもやめるつもりはなかった。

　湖のほとりに戻ると、ケヴィンとジークがおこしたたき火で魚が焼かれ、あたりにはおいしそうなにおいが漂っていた。アビーはジャックを無視してケヴィンににっこり微笑みかけた。「魚ね。愛してるわ、ケヴィン。またへびや幼虫を食べさせられたら、へびや幼虫になってしまいそうだもの」

へびを食べずにすみそうだとわかり、みなの気分が明るくなった。ジークでさえ、フォークも皿代わりのバナナの葉もないことについて、文句ひとつ言わなかった。食事が終わると、アビーは湖の水をペットボトルに汲んで、浄水タブレットを入れた。浄水タブレットは残り少なくなっていた。あと二日のうちに人里にたどりつかなければ、深刻な状況になる。

「アビー」ジャックの声がアビーの注意を引いた。「今夜、寝るのにいい場所がないか、ケヴィンといっしょにさがしてくる。そのあいだに魚の頭やなんかを埋めておくんだ。招かれざる客を呼び寄せたくないからね」

アビーはため息をついた。ジャックはあいかわらず命令する一方だ。「わかったわ。これが終わったら、すぐにやる」

「アビー」今度はジークだった。「三角巾を結びなおしてくれ。ゆるんできてる」

いったいこのジャングルはどうなっているのだろう。横暴な男になるフェロモンでも漂っているのだろうか。ジャックはすっかりそうなっているし、ジークまで彼女に命令できると思っているらしい。

アビーは水の入ったペットボトルをリュックに入れ、携帯電話をチェックした。依然として電波は入らず、バッテリーは残り少なくなっている。少なくともキンドルはまだ使えた。当分のあいだは読書を楽しめそうだ。

「アビー、三角巾を直してくれ」ジークがふたたび訴えた。

「はいはい、看護師がすぐに行きますよ」

アビーは間に合わせの三角巾を直した。自分が買わせた二百ドルもするブラを包帯代わりにされたと知ったら、キットはかんかんになるだろう。アビーのなかに眠る妖婦《ようふ》を目覚めさせるためのブラだったのに。「自分がデザインしたランジェリーがあなたの腕を救ったと知ったら、カリーヌ・ジルソンは大喜びするでしょうね」

「新しいのを買ってあげよう」ジークは言った。「文明社会に戻りしだいね」

「まあ、どうもありがとうございます。それこそわたしが必要としているものだわ。この場所を思い出させてくれる記念の品」

アビーは魚の頭や内臓に目をやった。蟻が巣に運ぼうと決めたようだ。整然と列をなして魚の残骸を運んでいく。この分なら埋めるまでもない。蟻たちがすべて持っていってくれるだろう。

ジークが鼻を鳴らしていびきをかきはじめた。どうやら眠ってしまったらしい。完璧だ。ようやく平和と静けさが訪れた。ほかのふたりが戻ってくるまで本を読める。

小説に没頭していると、低くて太いうなり声がした。アビーは驚き、キンドルを取り落とした。ジークはなおも眠っていて、ジャガーが魚の残骸をあさっているのに気づいていない。

大変だ。残骸は空腹なジャガーを満足させるほどはない。ジャガーが人間を襲うのかどうか、アビーは思い出せなかった。どうしてちゃんと埋めておかなかったのだろう。

「ジーク」声をひそめて呼びかける。「起きてください」

返ってきたのは、いびきだけだった。アビーはたき火のそばに置かれていた枝を手にして、ジークをつついた。

ジークはぱっと目を開けた。「何するんだ――」

「しーっ、お客さんよ」アビーは魚の残骸を食べるのに夢中のジャガーを顎で示した。

残骸は残り少なくなっている。ジャガーが顔を上げ、考えこむような顔でふたりを見た。

ジークは地面に座ったまま、じりじりとうしろに下がりはじめた。「なんとかしてくれ、アビー」

「いい子だから、向こうに行ってちょうだい」ジャガーが一歩進み出る。アビーはキンドルをつかんで立ちあがった。これを投げつければ追い払えるかもしれない。

そのときジャックとケヴィンが現れた。ふたりとも何かの植物のつるを振りまわし、ハイエナのように叫んでいる。誰かを見て、これほどうれしかったのは生まれて初めてだった。ジャガーはくるりと向きを変え、来たときと同じように静かにジャングルに消えていった。

ケヴィンがそのあとを追い、いなくなったことをたしかめた。ジャックはわずかに残った魚の残骸のそばに行ってから、首をめぐらせてアビーを見た。アビーは縮みあがった。彼に残骸を埋めるよう言われたのに、そうしなかったのだ。ジャックと目を合わせられなかった。彼は怒っていた。本気で怒っていた。

「子猫ちゃんは好きだけど、大型のネコ科動物は嫌いだなんて言わないでね」どうしてそんな軽口を叩く気になったのか、自分でもわからなかった。緊張のあまり、おかしくなっているのかもしれない。

石のように硬い表情を向けられて、アビーは震えあがった。

「ジャック、聞いて――」

彼はアビーの手首をつかんだ。「ちょっと失礼するよ、きみたち。どうやらマーシャルさんとふたりきりで話をしたほうがよさそうだ」

7

ジャックはアビーの手首をつかみ、彼女を引きずるようにして歩いていく。手に負えない子どものように引きずられていくのはいやだったが、アビーは抵抗できなかった。彼に抵抗するのは、津波にあらがうようなものだ。自然の力には逆らえない。今のジャックはまさに怒り狂った自然のようなものだった。

〝ハリウッドのスーパースター、あざをつくる〟という見出しが浮かんだ。『ニューヨーク・インディペンデント』の記者の体につかりつかんでいるが、あざができるほど強くは握っていないことに、ジャックは彼女の手首をしっかりつかんでいるが、あざができるほど強くは握っていないことに、アビーは気づいた。彼にならどこをつかまれてもかまわないと思っていることを認めるわけにはいかなかった。ジャックの表情やこわばった顎を見れば、これから起こることが楽しいことではないのは明らかだ。ジャック・ウインターは性的なことは考えていない。ほかのふたりにじゃまされずに彼女を懲らしめたいと思っているだけなのだ。まあ、それもしかたがない。

ジャックはアビーを連れて、彼女が初めて見る洞窟に入った。「ここは？」アビーはジャックの注意をそらそうとして言った。「ケヴィンといっしょに見つけたの？」目の前に立つ、男性ホルモンみなぎる身長百八十センチを超える男から気をそらそうとして、あたりを見まわす。洞窟のなかは乾いていて、蜘蛛もいないようだった。中心部はジャックがまっすぐ立てるだけの高さがあった。「なかなかいいじゃない。よく見つけたわね」

ジャックはアビーの言葉を無視して、彼女のほうを向いた。「自分がどんなに悪いことをしたのかわかっているのか？」

彼が答えを待っているようだったので、アビーは言った。「そんなに悪いことはしてないわ。誰もけがしなかったんだから」

そんなことを言うべきではなかったらしい。ジャックの目が怒りに燃えたが、不気味にも口調はおだやかになった。「誰もけがしなかったのは、おれが戻ったからだ。きみとジークしかいなかったら、どちらかが殺されていただろう。きみがおれの言うとおりにしなかったばかりにね。いったい何を考えていたんだ？」

アビーは嘘をつきたくなった。忘れていたと言おうか。それとも、時間がなかったと言おうか。「やらなきゃならないことがたくさんあって。ジークには三角巾を結びなおしてくれとせがまれるし。それに蟻が――」

ジャックは不機嫌な顔をしたまま、まったく表情を変えなかったので、アビーはこんなことを言ったら状況は悪くなるだけだと知りながらも言葉を続けた。「あなたの言うとおりにしたくなかったのよ。あれこれ命令されるのは、もううんざり。だから、ああなったのは、あなたのせいだわ」

ジャックは一瞬、目を大きく見開いたかと思うと、恐ろしいほどに細めた。「とても信じられないな。きみがそんなことを言うなんて」

洞窟のなかがもっと暗かったらよかったのにとアビーは思った。そうすればジャックの表情を見ずにすむ。もう最悪だ。アビーは開きなおって言った。「わたしをどうするつもり？」

「こうだ」ジャックが動くのがアビーには見えなかった。今まで機嫌の悪い教師のようにアビーを見おろしていたのに、次の瞬間には彼女を抱えあげ、洞窟の隅に運んでいた。アビーがはっと息をのんだときには、岩に座るジャックの膝のうえに、うつ伏せにされていた。

「ただではすまないと言ったはずだ。覚悟するんだな」

そんなまさか！　お尻を叩くつもり？　アビー自身、たしかにそう言ったが、ほんの冗談のつもりだった。この二十一世紀に、自分のような女がそんな目にあわされていいはずがない。アビーは屈辱的な体勢をくずし、ジャックからのがれようともがいた。

「放してよ！」

ジャックはやすやすと彼女を押さえこんだ。「きみが招いたことだぞ、アビー。おとなしくしろ」

彼は本気だった。本気で彼女のお尻を叩こうとしている。アビーは必死にもがいた。このひどい状況からのがれられるなら、地面に落ちようがかまわなかった。ジャックの石のように硬い太ももが胸やおなかに食いこむ。体より低くなっている頭に血が流れこんで、めまいがした。金切り声をあげ、体を大きく曲げて反動をつけようとしたが、手や足が地面にかろうじてついただけで、彼の手からはのがれられなかった。

「放してよ、このろくでなし！　こんなことしていいと思ってるの？」怒っているのは事実だが、自分のわめき声を聞くのはいやな気分だった。ジャックを引っかこうとしたが、ジーンズの丈夫な生地にはばまれた。

必死に足をばたつかせていると、ジャックが巧みに姿勢を変え、気づくとアビーは彼の片方の太もものうえにうつ伏せにされ、両脚を彼の脚ではさまれていた。「放してったら！」アビーは叫んだ。「暴行されたって訴えるわよ！」

「いくら叫んでもだめだ、アビー。いいかげん、あきらめろ」アビーが金切り声をあげているのとは対照的に、ジャックの口調は腹立たしいほど落ちついていた。彼は手を振りあげて、彼女を叩いた。

痛いっ！　アビーの体がびくりと動いた。「痛いじゃない！」

ジャックは声をあげて笑った。あろうことか笑ったのだ。「痛くないとでも思ってたのか？」

ふたたび手が振りおろされる。先ほどより強かった。体じゅうに燃えるような痛みが走り、それまでそこにあることにすら気づいていなかった神経の先端まで呼び起こされた。さらに叩かれて、アビーは歯を食いしばった。こうなったら威厳を保ち、声を出さずに耐えるしかない。

次はいっそう強く叩かれた。アビーは我慢できずにうめき声をもらした。その次はますます強く叩かれ、アビーはもっと大きな声を出した。声を出さずにはいられない。アビーは大声でわめいた。

ジャックがまた叩いた。アビーは体をくねらせてのがれようとした。叩くのをやめさせようと脚に歯を立ててもみたが、なんの効果もなかった。

お尻を叩くことのどこに性的な刺激があるのだろうと、アビーはつねづね不思議に思っていた。叩かれて興奮するなんて考えられなかったからだ。これではっきりわかった。やはり、お尻を叩かれるのは刺激的でもなければ気持ちよくもない。ただ痛いだけだ。ジャックの手はコンクリートの板のようだった。

首をめぐらせて、ジャックが手に何か持っていないかたしかめようとした。人の手で叩かれるだけなら、これほどまでに痛いはずがない。「やめてちょうだい、お願いだからやめて」悲鳴をあげていたはずが、気づくと必死に頼んでいたというのに、ジャックはやめようとしなかった。

「身から出たさびだ、アビー」

「お願いよ。もう充分でしょう?」もう限界。お尻がひりひりしている。威厳なんてどうでもいい。

「今までのはただのウォーミングアップだ」恐ろしいことに、ジャックはアビーのジーンズのウエスト部分をつかみ、下着もろとも引きおろした。「尻を叩くなら、むき出しじゃないと」

そんなばかな。屈辱的すぎる。それに、じかに叩かれたら、もっと痛いにちがいない。最近はピラティスのクラスに出ていないから、お尻の形もくずれているはずだし……。いったい何を考えているのだろう。お尻を叩かれているときに、お尻の形がくずれていることを心配するなんて。アビーは自分が混乱していることに気づいた。

ジャックが彼女のむき出しのヒップをそっとなでた。熱くなった肌をなでられるのは、悔しいことに、とても気持ちがよかった。ヒップを突きあげて、もう一度なでてもらいたくなるのを、必死にこらえなければならなかった。

「さあ、続けよう」ジャックはアビーを叩いた。先ほどまでより鋭い痛みが走る。ぴしゃりという音が洞窟のなかに響いた。アビーはまたもや悲鳴をあげた。

ようやく息がつけるようになると尋ねた。「あと何回叩くつもりなの？」これまで何回叩かれたのか数えていなかったが、はっきりした数がわかれば、歯を食いしばって耐えられるような気がした。

「おれがもういいと思うまでだ」ジャックはまた彼女を叩いた。アビーはその反動で彼の太ももに押しつけられた。尻は焼けるように痛かったが、硬い太ももに押しつけられると奇妙にも安らぎを感じた。

アビーは観念した。やめさせられないのなら、ジャックが叩くのをやめるまで耐えるしかない。無理に口をつぐもうとはせず、うめき声や悲鳴が出るに任せた。顔や体が涙や汗でびしょびしょになっているのがわかったがかまわなかった。

聞こえるのは、手が尻に打ちつけられる音と、彼女自身の悲鳴だけ。頭のなかは空っぽで、感覚だけが残っている。気づくと、こう言っていた。「ごめんなさい。ごめんなさい。もう二度としません」

すると何かが変わった。

叩かれる場所によって感じ方が変わってきたのだ。うえのほうを叩かれるのがいちばん痛く、いやな気持ちになる。アビーは知らず知らずのうちに体を動かし、ジャックの手を太ももすぐうえのあたりに導こうとしていた。そう、そこ。そこなら叩かれても我慢できる。

再度体を動かし、わずかに腰を持ちあげて、無言のまま、ジャックに叩いてもらいたい場所を示した。言葉にして頼むつもりはなかった。

「ああっ！」今回ジャックは角度を変えて叩いてきた。手を振りおろすのではなく、下からすくいあげるようにして叩いてきたのだ。アビーは彼の太ももに押しつけられ、その瞬間、体じゅうに快感が走った。アビーは今一度足を動かして、同じ角度で叩かれるようにした。

ジャックはまた下からすくいあげるようにして叩いてきた。いっそう強烈な快感が全身を貫き、アビーは悲鳴をあげた。ジャックはペースを落として、いくらか弱く叩き、ひりひりする肌をそっとなでた。

アビーは腰をくねらせて、無言でせがんだ。ジャックは魔法の場所をさらに叩いてくれたが、満足できなかった。「もっと。もっと強く」アビーは自分の言葉が信じられなかったが、ジャックは言葉どおりに受け取った。

尻を叩くペースをどんどん速めていく。アビーは大きくあえぎ、歓びに震えた。興奮して濡れているのがわかったがかまわなかった。こんなに感じたのは初めてだ。次々と押し寄せてくる快感の波に身を任せ、ジャックに叩かれるたびに高みにのぼっていって、ついには泣き声にも似た歓びの声をあげて絶頂を迎えた。アビーは全身を震わせながら大きくあえいだ。

ああ、どうしよう。わたしはどうなってしまったの？　これは悪い夢にちがいない。こんなことが現実に起こるはずはなかった。けれども彼女はなおもジャック・ウインターの膝のうえにうつ伏せになり、大きな手でむき出しのヒップをなでられている。アビーはもう少しこのままでいることにした。たった今起きたことと向き合うのが怖かった。

「まさか、こんなことになるとはね」ジャックの声にアビーは現実に引き戻され、いかにも満足そうな口調に気づいて身をこわばらせた。

アビーは体を起こした。ジャックはそれを止めようとせず、彼女に手を貸して立たせさえした。動いた拍子に叩かれたところが痛み、アビーは顔をしかめた。ジャックの目を見られず、顔をそむけたまま、大事なところを見られないようにしてショーツとジーンズを拾った。

「アビー――」

ジャックが何を言おうとしたのかアビーにはわからずじまいだった。洞窟の外から聞こえてきた叫び声にじゃまされたのだ。「おーい、このなかにいるのか？」

ジーンズを文字どおり足首にからみつかせているところをケヴィンに見つかったら大変だ。アビーはあわててショーツとジーンズを引きあげ、布地がひりひりする肌をこすると、短く息を吸いこんだ。ヒップがいつもの二倍の大きさに腫れあがっているような気がした。アビーはジャックをにらみつけた。「自分が何をしたのかよく見て。痛くてたまらないわ」ケヴィンに聞かれたくなかったので、声をひそめて言った。

ジャックは声をあげて笑った。「心配ない。それほど強くは叩かなかった。あざにもならないはずだ」


ジャックが見守るなか、アビーはくるりと背を向け、ケヴィンが来る前にジーンズの前を閉じようとしながら、顔に手を持っていって涙をぬぐった。

「大丈夫。気づかれないよ」ジャックは言った。

アビーは彼をじろりとにらみつけた。

洞窟の外はすでに暗くなりかけていたが、ケヴィンが心配そうな顔をしているのは見て取れた。「ずっとここにいたんだ。何も問題はない」ジャックはアビーがむっつりしているのを見て、笑いたくなった。

ジークが洞窟に入ってきて、ふたりの顔を交互に見た。「本当に?」

ジャックは固唾《かたず》をのんだ。今ここでアビーは彼を破滅させられる。〝ジャック・ウインターにショーツを引きおろされ、お尻を叩かれた〟と言いさえすれば、彼のキャリアは終わりだ。ジャックにはそれがわかっていたし、まちがいなくアビーにもわかっているはずだった。

アビーの尻を叩いたことを後悔してはいなかった。尻を叩かれなければならない女がいるとすれば、それは彼女だ。アビーのすぐそばにジャガーがいるのを見たときのことを思い出すと、いまだに血が凍る思いがする。すべてはアビーが彼に言われたとおりにしなかったせいだ。アビーは罰を受けて当然だし、少しでも公平な見方ができるなら、彼女自身もそう認めるはずだった。それでも、万が一ということはある。

ジャックがほっとしたことに、アビーはそっけなく「わたしなら大丈夫です」と言うと、ジークに背を向けて、彼が見ている前でジーンズの前をとめた。

ケヴィンがジャックに、あたかもここで起こったことに気づいているかのような鋭い目を向けてきた。実際、気づいているのだろう。ケヴィンは彼のことをよく知っている。

「アビー、本当に大丈夫かい？」ケヴィンの声はいつもよりやさしかった。「今夜はここで寝るんだけど、ぼくの隣に来る？」

「わたしに手をふれないって約束してくれるならね」アビーはすでにいつもの調子を取り戻している。ジャックは感心した。「これ以上、男にわずらわされるのはごめんなの」

それぞれの寝床をつくり、蚊帳を吊って、ジークを寝かせるあいだ、アビーはジャックを無視しつづけたが、ジャックは彼女を無視できなかった。

アビーの尻を叩くのは楽しかった。彼女の魅力的な尻の感触が、今でも手に残っている。ああ、あの尻は、どうか叩いてくれとせがんでいた。あれが罰としてでなければよかったのに。自分がルールを破ったことはわかっていた。アビーは尻を叩かれることを承諾したわけではなかったからだ。だが、叩かれて当然だったたし、口ではなんと言おうが、彼女の体が叩かれるのを楽しんでいたのは明らかだった。自覚しているにしろいないにしろ、アビー・マーシャルにはマゾの気がある。膝に乗せられて尻を叩かれることでどれだけ快感を得られるのか教えてやりたかったが、あくまでも罰するのが目的で、それに徹しなければならなかった。

だが、アビーは絶頂に達した。彼女が歓びに貫かれて動物のような声を出し、快感に身を震わせるのをジャックは見た。尻を叩かれただけでクライマックスを迎えることがあるのは知っていたが、実際に見たのは初めてだ。洗練されたニューヨーカーのアビー・マーシャルが、彼の膝のうえでいったのだ。ジャックはもう一度、あの姿を見てみたいと思った。

アビーは洞窟の向こう側でジャックに背を向けて寝ている。どこに寝ていようが関係ない。ジャックはアビーを見ずにはいられなかったが、やがて洞窟のなかが真っ暗になり、何も見えなくなった。

眠ろうとしたが、アビーの尻を叩いていたときにはコントロールできていたものが、硬くこわばって、彼を苦しめた。腹につくほどに大きく勃ちあがってアビーを求め、ジャックを寝かせてくれない。アビーが彼に叩かれてクライマックスに達する姿が目に浮かぶ。

落ちつきなく寝返りをうって、楽な姿勢を見つけようとした。洞窟のなかは静まり返っているので、自分の手で楽にするわけにもいかない。アメリカに戻りしだい、経験に富むしもべを見つけて欲求不満を解消しよう。ジャックはそのときにすることを考えようとしたが、アビーの顔が脳裏から離れなかった。

ジャックは声を出さずに笑った。アビー・マーシャルが彼の秘密の生活の一部になることはありえない。それこそファンタジーだ。たとえ、彼女が自分では気づいていないだけで、生まれついてのしもべだとしても。

眠りにつくたびに、膝のうえで尻を叩かれて絶頂を迎えるアビーの夢に苦しめられる。まさに拷問だった。

夜明けの光が洞窟に射しこむやいなや、蚊帳からそっと出て、洞窟の外に出た。夜行性の蚊がまだうるさく飛びまわっていたが、すでに新しい一日が始まっていた。ジャックはまっすぐ湖に行って、足を止めた。

湖に小舟が浮かんでいる。ふたりの男が、カヌーのような舟に乗って釣りをしていた。

「おーい《オラ》！　助けてくれ！」ジャックは叫んだ。一瞬、声が届かなかったのかと思ったが、次の瞬間、男たちはジャックのほうを見ると、彼のいる側に向かって舟を漕《こ》ぎはじめた。

四人は救助された。

8

アビーは寝ぼけまなこのまま、マイアミ国際空港の到着ロビーに進んだ。本来なら入国審査を待つ長い列に並ばなければならないのに、セレブといっしょできみは運がいい、とジークに言われた。スターがとてつもなく優遇されていることにアビーは驚いた。決して待たされることがない。空港関係者はこぞってジャックにこびへつらい、彼もそれを当然のこととして受け止めているようだった。

洞窟での出来事について、ジャックとはいっさい話をしていなかった。アビーはなおもあのときのことを論理的に解き明かそうとしていた。あのときのことを記憶から消し去ろうとしていないときはだが。どうしてジャックはあんなことをしたのだろう。どうして自分はあんなふうに反応してしまったのだろう。

ジャングルの熱に浮かされただけよ、とアビーは自分に言い聞かせた。ニューヨークに戻ればいつもの自分に戻れる。

「アビー！　ああ、よかった。アビー！」痩せたブロンドの男が、人ごみを縫って足早に近づいてきた。

ウィリアムだ。誰かを見て、これほどまでにうれしく思うのは生まれて初めてだと、またしても思った。

「アビー」ウィリアムは彼女をさっと抱えあげた。「みんなすごく心配してたんだぞ。ミッフィーなんて、一時間ごとに国務省に電話して、何か情報が入っていないか訊いていた」

ウィリアムはアビーを抱いていた腕をゆるめ、鼻にしわを寄せてあとずさった。「なんだか少し……その――」

ときどきウィリアムはとてもいやな男になる。「汚い？　くさい？　ジャングルに四日もいて、戻ったばかりなのよ、ウィリアム。何を期待してたの？」

「そんな顔するなよ、しまりすちゃん。無事に帰ってきてくれて喜んでるんだから」ウィリアムはまたアビーを抱きしめたが、先ほどより熱がこもっていなかった。「ワン・バル・ハーバー・リゾート＆スパのスイートを取ってあるから、そこできれいにすればいい。勤め先の新聞社にきみの口から無事を伝えたほうがいいかもしれないな。何度も連絡をもらっているんだ」

アビーはうなずいた。部長にどう話すかは、すでに考えてあった。

最後に一度、ジャックをちらりと見た。大勢の記者やカメラマンに囲まれている。何日もひげを剃《そ》っておらず、汗まみれのTシャツを着ていても、はっとするほど魅力的だった。けれどもジャングルに棲む、希少で美しいジャガーのように、ジャックはいっしょにいるには危険すぎる男だ。ホンジュラスでの出来事は忘れて、前に進んだほうがいい。

ふいに、ジャックを囲む人々から大きな笑い声がわき起こった。アビーがそちらに目をやると、ジャックと目が合った。ジャックはじっと見つめ返してきた。アビーの体の奥を震わせる、あの目。アビーはウィリアムの腕に腕をからませて、ジャックに背を向けた。

ジャックは遠ざかるアビーを目で追った。あんなひ弱そうな男に嫉妬するなんてばかげている。おそらくジャングルにいるあいだじゅうアビーがその存在をちらつかせていた婚約者だろう。ひと目見ただけで、ひょろりとしたブロンドの男がアビーのような情熱的な女性を満足させられるはずがないとわかった。だが、あの男がアビーにキスし、彼女といっしょに家に帰るのかと思うと、腹が立ってならなかった。

彼を殺してやりたくなった。

そのときブロンドの男がアビーにキスしてから、すばやくあとずさって何か言い、彼女を怒らせた。遠くて声は聞こえないが、アビーの顔や仕種を見ればわかる。アビーは本気で怒っていた。

ジャックはにやりとした。あいつは、このあといい目を見られそうにない。念のため、顔にフラッシュを浴びせてくる記者の群れを振り切って、ふたりのもとに行き、アビーの肩を叩いた。「おい、何か忘れてないか？」

「何もかも忘れてしまいたいわ」アビーの表情は彼女の背中と同じぐらいこわばっていた。

「これのことも？」ジャックがノートパソコンの入ったリュックサックを渡すと、アビーはぱっと顔を輝かせた。一瞬、彼女に抱きつかれ、キスされるのではないかと思ったが、いけ好かない男が鼻にしわを寄せて、ジャックに話しかけてきた。「初めてお会いしますよね」

ジャックは手を差し出した。「ジャック・ウインターです。アビーとはこの四日間、いっしょに寝ていました。そちらは？」

ブロンドの男は握手を拒みたい気持ちと戦っているようだったが、結局はマナーに従った。ジャックの指に軽くふれて答える。「ウィリアム・ディラード、アビーの婚約者です。あまり趣味のいい冗談とは言えませんね」

「ウィル・ダラード《まぬけ》ですね。じゃあ、また」ジャックは相手の反応を待たずにその場を離れた。アビーが遠ざかっていくのを、また見せられるのはごめんだった。報道陣のもとに戻り、フラッシュを顔に浴びた。

「ジャック！　ジャック！　今のお気持ちは？」何本ものマイクが顔に突きつけられる。これだけはいつまでたっても好きになれない。演じるのは大好きだが、マスコミに対応するのは大嫌いだった。とはいえ、こうしたことがどれぐらい大事なのか、よくわかっていたので、笑みを浮かべて目を輝かせ、彼らが期待する〝危険な男ジャック・ウインター〟を演じた。

「最高だよ。アメリカに戻れたんだから。でも本音を言えば、早く家に帰って、冷えたギネスをぐいとやりたいな」ジャックが女性記者にウインクすると、彼女は真っ赤になった。「いっしょに飲んでくれるかい？」

誰も彼がギネスを飲んでいるところを見たことがなかったが、毎晩飲んでいるものだと思ったようだった。

ジャングルでどうやって生き延びたのかについて、二、三質問されたので、ジャックは『ジャングル・ヒート』を撮っているときに受けたサバイバルトレーニングのおかげだと答えた。すると、ひとりの記者が尋ねた。「ジャングルでアビー・マーシャルと寝たというのは本当ですか？」

ジャックは驚き、ハリウッドでよく聞かれる答えで応じた。「ノーコメント」

さまざまな質問が飛び交い、フラッシュがたかれた。記者にとって〝ノーコメント〟は〝イエス〟と同じだ。

アビーは決して許してくれないだろう。

アビーは真っ白なベッドカバーを見て、たじろいだ。豪勢なスイートは白一色でまとめられている。椅子も例外ではなく、このままでは座って記事を書くこともできなかった。

「いい部屋だろう?」

「ええ、そうね。でも……」アビーは泥で汚れた服を見おろした。

「シャワーを浴びて着替えればいい」ウィリアムは言った。

「着替えを持っていないの」それにこんな恰好で外に出るわけにもいかない。「ウィリアム、サイズを書くから、ホテルのなかにあるお店で何か着るものを買ってきてくれない?」

「ぼくが?」ウィリアムは一瞬、困ったような顔をしたが、すぐに笑顔になって言った。「もちろん、かまわないよ。きみにぴったりの服を買ってくる」

アビーはウィリアムが買ってくるであろう服を想像して身震いしそうになるのをこらえ、サイズを紙に書いて渡すと、彼の背後でドアを閉めた。一刻も早く、汚れた服を脱いでしまいたかった。服を脱いで裸になり、報道部に記事を送ってから、シャワーを浴びることにした。

　リュックサックからノートパソコンを出すと、ジャックがくれた蘭の花もいっしょに出てきた。アビーはくしゃくしゃになった花びらを震える手でもとどおりにしようとした。濃厚な花の香りが漂う。アビーははっとした。一瞬、ジャングルに戻ったような気がした。彼女のブーツのひもを結んだあと、真剣な目で見つめてきたジャックの姿が目に浮かんだ。

　アビーはかぶりを振った。記事を書かなければならない。ノートパソコンを開き、仕事に取りかかった。

　記事を送っただけではすまなかった。部長が折り返し、あれこれ質問してきたのだ。「ジャングルでジャック・ウインターと過ごした時間についての手記を書いたらどうだ？　きっと注目を集めるぞ」おもしろがっているのが声の調子でわかった。

「ジョッシュ、冗談はやめてください。わたしがその手のものを書かないのはご存じでしょう？」ジャックと過ごした日々について書かなければならないのかと思うとぞっとした。けれども、どういうわけか、気づくとジャングルにおける冒険について手記を書くと約束させられていた。「わかりました。でも、今夜は書きませんよ。もう、くたくたなんですから。明日にはニューヨークに戻ります。手記を書くのはそれからです」アビーはそう部長に言って、電話を切った。どうして引き受けてしまったのだろうと思いながらも、部長の言うとおりだとわかっていた。彼女はいわば特ダネをつかんだのだ。

書かないわけにはいかなかった。

鏡に映る自分に目がとまった。ウィリアムが驚いたのも無理はない。髪の毛はぼさぼさで、すっかり日に焼けている。まるで『ナショナルジオグラフィック』の誌面から飛び出してきたかのようだった。

熱いシャワーを浴びていると、このうえなく幸せな気分になった。アビーはジャングルでついた汚れをすべて洗い流そうとして、体や頭を何度も洗った。ようやくきれいになったと思ったが、ヒップにはジャングルでの出来事の痕跡が残っていた。赤みは引いていたが、ジャックに叩かれたところがうっすらとあざになっている。そこの肌にそっとふれると、快感が走った。そんなまさか！　アビーは信じられなかった。いったいわたしはどうなってしまったの？

アビーはホテルのバスローブを着て、あざを隠した。ウィリアムが着るものを買ってきてくれるまで、これで間に合わせるしかない。バスルームにいると、部屋のドアを叩く音がして、廊下から低い声がした。「アビー？　開けてくれ」

アビーはバスルームを出た。コーヒーテーブルのうえにカードキーが二枚ともあるのを確認する。ウィリアムが持って出るのを忘れたらしい。けれどもドアを開けると、そこにいたのはジャックだった。服を着替えていて、黒い髪はまだ湿っている。

欲望の波が押し寄せてきた。ジャックは濃い色のジーンズを穿き、ぱりっとしたライトブルーのシャツを着ている。シャツの色のせいか、青い目はアビーが覚えているよりもいっそうあざやかだった。ジャックはおいしそうなにおいがした。ああ、もう。アビーは必死に自分を抑えなければならなかった。ジャック・ウインターにかかわるとやっかいなことになるのは目に見えている。

「これが必要なんじゃないかと思ってね」ジャックはそう言って、何かをアビーに差し出した。ICレコーダーだ。そういえばジャングルでリュックサックからすべり出たのをジャックが拾い、ポケットに入れていた。

アビーは冷静になって考えをめぐらせた。空港でのふるまいについて、ひとこと言ってやりたくなった。いや、殴ってやるべきだろうか。カメラの前で彼女についてあんなことを言うなんて、どうかしている。アビーがためらっているあいだに、ジャックは彼女の横を通ってスイートに足を踏み入れた。

室内を見まわす。「ダラードはいないのか？」

「ウィリアムのこと？　彼ならわたしの服を買いに行ってくれているわ」

ジャックはアビーの全身にくまなく目を走らせ、バスローブの襟もとからのぞく肌をじっと見つめた。気づくとアビーは息を止めていた。

「残念だな。きみは裸のほうがすてきなのに」

アビーはうめき声が出そうになるのをこらえた。ジャックは彼女を誘惑しようとしている。誘惑されないよう気を引きしめなければならなかった。彼ににっこり微笑みかけて言う。「あなたがどう思おうが、わたしには関係ないわ」

ジャックはアビーに一歩近づいた。「きみはおれと同じことを望んでいるが、おれとちがって正直じゃないから、そう認められずにいる」

アビーがジャックから遠ざかろうとしてうしろに下がると、太ももがベッドにあたった。うしろに下がるんじゃなかったと思った。襟もとからふくらはぎまで覆われていても、ジャックに見られていると裸でいるような気になった。

「想像してごらん。おれは裸のきみをなでてから膝に乗せる。きみはすばらしい尻をくねらせて、おれにしてほしいことを教える」

アビーはごくりと唾をのみこんだ。ジャックの言葉どおりの光景が頭のなかに浮かぶ。アビーは左右の太ももをきつく閉じ合わせた。言葉が口から出てこない。逃げ場もなかった。

ジャックはアビーにさらに近づいて、力強い手でうなじをつかみ、自分のほうに引き寄せた。肌から石けんの香りがする。「抵抗するな、アビー。自分にすなおになれ。わかってるはずだ。きみはこうしてほしがってる」

アビーは激しくむさぼるようなキスをされるものと思って身構えたが、そうではなかった。上唇と下唇のあいだを舌でなぞられ、小さくうめいて口を開く。ジャングル・ジャックは姿を消し、女をやさしく誘惑する男に変わっていた。

「こんなことしちゃだめよ」アビーは言ったが、両手はジャックのたくましい背中をなでまわしていた。

「そうかな」ジャックはアビーの上唇と下唇のあいだを舌で探り、反応を求めた。まるでこの世の時間をすべて手にしているかのように、たっぷり時間をかけている。

アビーはもっとふれてもらいたくて顔をうしろに傾けた。ああ、この人はなんてキスがうまいの。これはまちがいよ、こんなことをしてはいけないわ、と自分に言い聞かせようとしたが、全身から力が抜けていき、何も考えられなくなった。ただ、ジャックの情熱的でとろけるようなキスだけを感じていた。唇から訴えるような声がもれた。

「もっとうえを向いてごらん」ジャックはアビーの顔をいっそう傾けさせ、のどをさらさせると、彼女のほてった肌に顔を近づけ、そっと息を吹きかけた。アビーの膝が震えた。ジャックは彼女にろくにふれてもいないのに、アビーはもっとふれてもらいたくてたまらなくなっている。ジャックにもそれはわかっていた。

「濡れているのかい？　バスローブのなかに手を入れて、たしかめてあげようか？」

ジャックはアビーの肩から襟もとに手を這わせて、バスローブの前を開くと、左右の胸のふくらみを手でつかみ、顔を近づけて、片方の乳首を口に含んだ。アビーは乳首を軽く吸われただけでは満足できず、ジャックの髪に両手を差し入れて、自分のほうに引き寄せた。低い歓びの声がジャックの口からもれた。彼は唇を左右の胸に交互に移しながら、いっそう強く乳首を吸い、やわらかな肌を歯でなぞった。

「ああっ」アビーは叫んだ。

ジャックは乳首から口を離した。まぶたをなかば閉じ、情熱に満ちた目で言う。「どうしてほしいか言うんだ」

「その……」

とても口に出しては言えなかった。あなたが欲しい、あなたに抱いてもらいたい、あなたにふれてもらうためならなんでもする、だなんて、どうしてジャック・ウインターに言えるだろう。アビーはかすれた声で言った。「お願い」

ジャックはすばやく帯をほどいて、バスローブを床に落とした。アビーの体をそっと押してベッドにあおむけにさせ、脚を開かせて、そのあいだに立つと、彼女のなかに指を一本挿し入れ、さらにもう一本入れた。そして、二本の指をゆっくり出し入れしはじめた。アビーがもっと速くとせがむような動きをすると、ジャックは言った。「じっとしていろ。でないとやめるぞ」

アビーはぴたりと動きを止めた。ここでやめられてはたまらない。ジャックの顔に目をやると、彼が本気でそう言っているのがわかった。アビーは身をこわばらせ、動かないよう努めた。ジャックがふたたび指を動かし、彼女の体からあふれ出たものをクリトリスにこすりつけると、アビーはベッドから腰を浮かせそうになった。体じゅうが欲望に震えていた。

ジャックは床に両膝をつき、両肩でアビーの太ももを押し広げた。熱くほてった肌を舌でなぞられ、アビーはベッドカバーにつめを立てた。ジャックはわざとクリトリスを避けて、舌でゆっくり円を描きながら、彼女のひだをなぞった。秘めた部分のまわりを舌でなぞってから、舌を深く挿し入れてきて、動かしながら吸いあげる。アビーは大きくあえぎ、歓びの声をあげた。

ジャックはアビーのクリトリスに注意を戻し、小さな突起をゆっくりなめて、彼女に悲鳴をあげさせた。それから、また二本の指を挿し入れ、なかをこすりながら、突起を口に含んで強く吸った。アビーは腰をジャックの口に押しつけて、もっととせがんでいるうちに絶頂に達した。すさまじい快感が波のように押し寄せてきて、体じゅうが歓びに震える。

アビーは叫び声がもれないよう、手で口を覆った。そのあいだもジャックは口と手で彼女を愛撫しつづけた。ようやく快感の波がしずまると、アビーは最後に一度、小さく体を震わせて、ベッドにぐったりと横たわった。

ジャックはアビーのおなかにキスしてから立ちあがった。アビーは起きあがる気力も

った。

「かわいそうに。すっかり疲れさせてしまったね」

アビーはジャックのなすがままにバスローブを着せてもらい、帯を結びなおしてもらった。

そのときドアノブが動く音がして、廊下からウィリアムの声が聞こえてきた。アビーは飛びあがりそうになった。ジャックがICレコーダーをつかんで、ドアを開けた。

「やあ、ウィル。アビーのICレコーダーを持ってきてあげたんだ」彼はカードキーの横にICレコーダーを置くと、振り返りもせずに出ていった。

ウィリアムは買いもの袋を抱えて寝室に入ってきた。「あいつはどれぐらいここにいたんだ？」

そんなに長いあいだじゃなかったわ。もっといてほしかったぐらいよ。アビーは脳のなかの、つい今しがた感じたオーガズムの余韻に浸っていない部分を、必死に働かせた。

「部長との電話が思ったより長くかかって。シャワーを浴びようとしていたところに、彼が来たの」

幸いウィリアムはリモコンを手にしていて、アビーの髪がすでに濡れていることに気づかなかった。

「じゃあ早く浴びてこいよ、しまりすちゃん。ぼくはテレビを観てるから」

アビーはバスルームのドアを背後で閉めて、寄りかかった。なんということをしてしまったのだろう。もう一度シャワーを浴びる必要があった。氷のように冷たいシャワーを。

シャワーを浴び、全身に保湿用のクリームを塗ってから、ウィリアムが買ってきてくれた寝巻きを着た。コットン百パーセントの、襟もとがつまった白い寝巻きだ。アビーは鏡に映る自分を見て苦笑いした。ミッフィーでさえ、もっとセクシーな寝巻きを持っているだろう。とはいえ、少なくともヒップのあざは隠せた。

アビーがバスルームから出ると、ウィリアムはシルクのパジャマを着てベッドに寝そべり、テレビのチャンネルを次々に切り替えていた。ドレッサーに置かれたアイスペールのなかでシャンパンのボトルが冷やされている。

その光景はどこかまちがっているような気がした。ウィリアムはあまりにも小さく痩せていて、上品すぎた。シルクのパジャマでさえ、その下にあばら骨が浮いた胸があると思うと、ばかげて見えた。以前は気にならなかったが、今は気になってしかたがない。

再会のセックスをするのはごめんだった。

ウィリアムと最後に寝たのは何カ月も前だ。どちらもそれほど性欲が強いほうではなく、互いにちょうどよかった。だが、それはもう過去の話だ。ジャングルのなかで何かが起き、彼女の性欲に変化が生じた。ジャック・ウインターがアビーのなかの何かを解き放ったのだ。けれども、それはこのままにはしておけない。もとどおりに封じこめておかなければならないとアビーは思った。

ウィリアムのにおいも気に入らなかった。いやなにおいがするというわけではない。ウィリアムは一日に二、三度シャワーを浴び、歯ブラシやフロスや舌みがきを駆使して口のなかもつねに清潔にしているし、高価なコロンも使っている。ただ気に入らないのだ。ウィリアムのそばに行くと、知らず知らずのうちに鼻にしわが寄り、気づくと一歩うしろに下がっていた。ウィリアムはアビーにとって申し分のない相手だが、ジャックではない。

ウィリアムはベッドカバーを叩いた。「ずっと会いたかったよ、しまりすちゃん」子どもっぽいあだ名で呼ばれて、アビーはうんざりした。十代のとき、何年も矯正器具をつけて前歯が出ているのを治すまでは、そう呼ばれていたのだ。なにも今そんなふうに呼んで、そのころのことを思い出させなくてもいいのに。ジャックは決して彼女をそんなふうには呼ばないだろう。だめよ、ジャックのことを考えるのはやめて。彼はもういないのよ。とはいうものの、ジャックの腕のなかを離れてすぐにウィリアムの腕のなかに飛びこむわけにはいかないと、アビーにはわかっていた。考えただけでぞっとする。

アビーは無理に笑みを浮かべた。「わたしもずっと会いたかったわ。でも、今日はやめておかない？　その、何日もろくに眠っていないから……」

ウィリアムはとたんに心配そうな顔になった。「もちろんだよ。ぼくときたら、なんて思いやりがなかったんだ。きみにどれだけ会いたかったか、わかってもらいたかっただけなんだよ。さあ、ベッドに入るといい」

アビーは上掛けのシーツと下に敷かれたシーツのあいだにもぐりこんだ。ベッドはすばらしく寝心地がよかった。枕も好みの硬さだったが、なぜか何もかもやわらかすぎるような気がした。眠りに落ちながら、ジャングルの木に吊るされたハンモックのなかで、たくましい二本の腕に抱かれて守られているところを思い描いた。かすかな蘭の花の香りが、夢のなかまで彼女を追いかけてきた。

9

早朝のニューヨーク便はなにごともなく目的地に向かっていた。暑いジャングルにいたあとなので、アビーは少し寒く感じた。冬が近づいている。冬《ウインター》といっても、険しい青い目をしたウインターではないけれど。ちょっと、いいかげん、彼のことを考えるのはやめなさい。ニューヨークに着いたら、もう二度と、彼のことは考えないようにするのよ。

ウィリアムが隣の席で低くいびきをかいている。アビーは窓の外に目をやって、たくましい二の腕や高い頬骨やきつく結ばれた唇が出てこない手記の文面を考えようとしたが、一度わき起こってきた欲望をしずめることはできなかった。

到着ロビーで自分を待つ家族を見て、アビーの心は浮き立った。ミッフィーとその娘たちの横には父親の姿もある。ミッフィーのふたごの娘はそれぞれに〝お帰りなさいアビー〟と書かれた厚紙を掲げている。片方の厚紙には派手な色のへびも描かれていた。

家族の再会は、アビーを見つけた記者たちにじゃまされた。記者たちはアビーを取り囲み、口々に質問を叫んだ。

「マーシャルさん。いえ、アビー。今日発売の『USウィークリー』に載った記事についてコメントをお願いします」

太った記者が、アビーを守ろうとするウィリアムを無視して、彼女にマイクを突きつけた。「アビー、これからもジャックに会うつもりですか？　それとも今回のことはジャングルの熱《ジャングル・ヒート》に浮かされただけとして、終わりにするつもりですか？」

記者たちからどっと笑い声があがる。アビーは頭にきて言った。「そんな質問にいったいどんな意味があるっていうんです？」

濃い化粧をした記者が、さも同情しているような顔をして進み出た。「ジャックのファンは、あなたと彼が本当に男女の仲にあるのかどうか、知りたがっているだけなんです」

記者はアビーが何も言わないのを承諾ととって続けた。「ジャングルで四日間過ごされたんですよね。ジャック・ウインターと同じハンモックで寝るのはどんな感じでしたか？」

そんなまさか。みんなに知られているなんて。ジャックが話したにちがいない。のどがしめつけられるような感じがした。彼にこびへつらう記者の前で、楽しそうに話すジャックの顔が思い浮かぶ。記者たちの向こうで、ミッフィーが嫌悪感もあらわに唇をすぼめるのが見え、姉は彼女の帰国を歓迎しにきたのではなく、家族がこうむる被害を最小限にとどめるためにきたのだと気づいた。

ウィリアムがアビーの腕を取る。アビーは彼に感謝の目を向け、咳払いして言った。「ジャングルで過ごした日々は地獄そのものでした。もう二度と経験したくありません。家族のいるアメリカに帰ってこられてうれしいです。ほかに言うことはありません」

矢継ぎ早に浴びせられる質問とカメラのフラッシュを無視し、人ごみを押しわけるようにして進んだ。あやまって記者の足を踏んでしまったときには、ひそかに喜びを覚えた。

父親が両手を広げて前に進み出た。アビーは父親に駆け寄った。「来てくれたのね、お父さん」

「もう大丈夫だ。すべては終わったんだよ」

「アビーおばちゃん、アビーおばちゃん」ふたごが厚紙を振りまわしながら飛び跳ねて、アビーの注意を引いた。「おばちゃんのために絵を描いたんだよ」

アビーは涙がこみあげそうになるのをこらえてひざまずいた。「こんなに上手な絵、初めて見たわ。これは青いへび？　まあすごい。本当によく描けてる」

ミッフィーがアビーをぎこちなく抱きしめ、頰の横でキスの音を立てた。「まったく信じられないわ。よりにもよってジャック・ウインターと――」

「さあさあ、おまえたち」父親が落ちついた声で言って、ミッフィーを黙らせた。「その話はまたあとだ」

記者たちがずっとあとをついてきたが、アビーたちはかまわず到着ロビーを出て、二台の車に乗りこんだ。ミッフィーはふたごを連れて家に帰り、ウィリアムとアビーは父親の車で街に向かった。アビーは父親の古い型のセダンの窓がスモークガラスであることをこのときばかりはありがたく思った。ウィリアムは空港を出てからずっと黙っている。今回のようなスキャンダルをウィリアムの母親が許すはずがない。母親の怒りをしずめる方法でも考えているのだろう。

「しばらくのあいだ、うちにいたらどうだね？」父親が言った。

「いいえ、お父さん、わたしなら大丈夫。明日から仕事もしなきゃならないし。二、三日もすれば騒ぎもおさまるわ」

父親はアビーのアパートメントの前で車を停めた。ウィリアムがトランクからアビーのリュックサックを出した。「寄っていく？」アビーはウィリアムに尋ねた。

ウィリアムは首を横に振った。「午後に会議があるんだ。あとで電話するよ」そう言うと、アビーの頬に軽くキスして立ち去った。

アビーがロビーにいるコンシェルジュに会釈すると、郵便物の束を渡された。「お帰りなさい、マーシャルさん。お手紙がたくさん届いていますよ」

「まあ、うれしい」アビーはいちばんうえの一通を見て言った。コメディアンのデイヴイッド・レターマンが司会を務めるトーク番組のリサーチャーからの手紙だ。本当にやっかいなことになっているようだった。

ポットいっぱいにコーヒーを淹《い》れてから、パソコンを立ちあげてワープロソフトを開き、真っ白なページを見つめた。ジャングルでの冒険に関する手記を書くとアビーはジョッシュに約束した。手記が送られてくるのをきっと待っていることだろう。

アビーはゆっくり打ちはじめた。〝ジャック・ウインターと過ごしたジャングルでの地獄の日々〟うん、悪くない。

見出しはできた。あとは本文を書けばいいだけだ。どうということはない。アビーは机を離れて窓辺に足を運び、並木道を見おろした。少し走れば考えがまとまるかもしれない。

「だめよ、アビー、走っている場合じゃないわ」声を出して自分に言い聞かせていると、携帯電話が鳴った。ジョッシュからだ。

「アビー、きみはわたしをばかだと思っているのか？　どの新聞もきみとジャック・ウインターに関する記事を載せている。一時間以内に手記をよこすんだ」

「今書いているところです」アビーは精いっぱいほがらかに言った。

電話を切って、ふたたび机の前に座る。こうなったのも何もかもジャック・ウインターのせいだ。ふいにこみあげてきた怒りのせいで、俄然《がぜん》やる気が出てきた。アビーはキーボードに向かい、猛然と書きはじめた。書くことには一種の浄化作用がある――ジャングル、危険な動物たち、野宿、救出。言葉が次々にわいてくる。アビーはジーク・ブライアンが腕を骨折したことやジャガーと遭遇したことなど、自分たちが体験した不快な出来事を、残らず事細かに記したが、毎晩ジャックの腕に抱かれて寝たことは省き、洞窟での出来事にはいっさいふれなかった。そして、最後に一度、すばやく見なおしてから、報道部に送った。

そのあと受信ボックスに入っていたメールをチェックした。ジャンクメールにインタビューの依頼――そのほとんどが彼女とジャック・ウインターの関係について聞かせてほしいという内容だ。わたしはみんなの注目の的というわけね、とアビーは思った。

シャワーを出ると、ウィリアムからのメッセージが残されていた。ディナーにシェ・マルタンを予約したから、そこで会おうという。どうせなら、もっと気軽な店を選んでほしかった。接客係がみなモデルのようで、サラダが五十ドルもする店ではなく。アビーはしかたなく、黒いワンピースを着て、ハイヒールを履いた。

店に着くと、中央のテーブルに案内された。ディラード家の名前を出せば、まちがいなくいちばんいい席に案内される。ウィリアムはすでに来ていて、アビーの姿を見て立ちあがった。「いつもどおりきれいだよ、アビー」

自分はきれいではないことがアビーにはわかっていた。ドレスアップしてフルメイクすれば、人前に出て恥ずかしくないぐらいにはなるけれど。再会してからウィリアムにほめられたのはこれが初めてだ。ジャングルの池で水浴びしたあと、さぞかしひどい姿をしていたにちがいないと気づき、同時にジャックが彼女に蘭の花をくれて、花よりきみのほうが美しいと言ったときの嘘偽りのない目を思い出した。

あれは終わったこと。ジャックはアビーの過去の一部で、ウィリアムは現在と未来だ。そう思うと、なぜか憂うつな気分になった。アビーが席につくと、案内係はふたりにおべっかを使い、まるでアビーが自分ではそうできないかのように、手のこんだ折り方をしたナプキンを広げて、彼女の膝のうえに敷いた。

アビーたちのテーブルを担当するウエイターが来て、革表紙のメニューをふたりに渡した。いつもどおり、アビーが受け取ったメニューには価格が載っていなかったが、どちらにしろ関係なかった。ウィリアムがアビーの分の料理も決めると言って聞かなかったからだ。アビーは反対する気力もなかった。

「このポルチーニ茸とトリュフのスフレというのがおいしそうだな」

アビーはウィリアムにこわばった笑みを向けた。「わたしがきのこを食べられないのを忘れたの？」

「いや、もちろん覚えているよ」

とはいうものの、ウィリアムがすっかり忘れていたのは明らかだった。料理を注文したあと、ウィリアムはワインリストをじっくり見て、ソムリエと長々と言葉を交わしてから、ようやくアビーに注意を向けた。ほかのテーブルにつく客たちから、おもしろがっているような視線が向けられていることに気づき、アビーはうんざりした。なかには、ひそひそ声で何かを言っている者もいる。誰かが〝ジャングル〟と言ったのが、たしかに聞こえたような気がした。

ウィリアムが手を伸ばしてアビーの手を取った。「ふたりでちゃんと話したほうがいいと思ってね。母さんと話したんだ。母さんは今回のきみとジャック・ウインターとのゴシップに、いい顔をしていなかった」

「それで?」ウィリアムの母親がふたりの関係に口を出そうとしていると思うと、アビーは頭にきた。

「母さんはきみが今回のことに巻きこまれたのは、記者なんていう仕事をしているせいだと思っている。ぼくもそれには賛成だ」アビーは口を開いたが、ウィリアムは先を続けた。「そろそろ世界じゅうを飛びまわるなんて危険な仕事はやめて、落ちつくべきだ。ミッフィーを見ろよ。チャリティや美術館の仕事で満足している。記者をやめれば、ミッフィーや姪っ子たちにも今より頻繁に会えるようになるぞ」ウィリアムはアビーの手を軽く叩いた。「ぼくが言いたいのはね、しまりすちゃん、そろそろ結婚してもいいんじゃないかってことだよ」

ウィリアムがウエイターに合図すると、ウエイターは銀のトレイにシャンパンのボトルとグラスをふたつのせてやってきた。アビーの心が沈んだ。わたしはモエ・エ・シャンドンで取りこまれようとしているのね。

ウィリアムは続けた。「ぼくがきみを許すつもりでいると知って、母さんは渋い顔をしていたよ。ディラード家の人間は、これまでどんなスキャンダルとも縁がなかったからね。でも、きみが心から悪いと思っていることを示せば、わかってくれるはずだ」

「勘弁してよ！」アビーは言葉につまった。この先ずっと、ウィリアムとお高くとまったドローレス・ディラードといっしょに夕食をとらなければならないなんて、考えるのもいやだ。

ウィリアムはシャンパングラスの脚をいじりながら言った。「でも、その前に、彼とは何もなかったと、きみの口から聞かせてもらいたい」

ついに来た。真実の瞬間が。気休めの嘘をついてもしかたがない。ホンジュラスでの出来事をなかったことにすることはできなかった。ウィリアムは子どものころからの友だちでもある。彼と婚約したときは、そうするのが当然のように思えたし、誰もがそれを望んでいた。けれども、自分に嘘はつけても、ウィリアムに嘘はつけない。少々堅苦しいところはあるが、アビーはウィリアムが好きだった。ジャックに対する自分の気持ちがよくわからないままの状態で、ウィリアムと結婚するわけにはいかなかった。

「ウィリアム、本当にごめんなさい。あなたに嘘はつけないわ。ジャックとわたしは……」

言葉が続かなかった。ジャックとはセックスしたわけではないが、どういうわけかそれよりも悪いことをしたような気がした。アビーはすっかり元気がなくなったウィリアムの顔に浮かぶ傷ついたような表情を努めて無視しようとしながら、自分の左手にふれた。ウィリアムから贈られた指輪は、そこにはなかった。ディラード家に代々受け継がれてきたダイヤモンドの指輪は、アビーの指にはめられているよりも、銀行にあずけられている時間のほうが長かった。

「指輪は明日銀行に取りに行くわ。ごめんなさい、ウィリアム」

アビーは罪悪感が押し寄せてくるのを待ったが、そうはならなかった。申しわけなく思ったり、悲しくなったりしていいはずなのに、なぜか自由になったような気がした。ウエイターが料理がのった皿を手にやってくるのが視界の隅に入った。このままウィリアムと向かい合って座り、何事もなかったかのようにディナーを楽しむことはできない。アビーはショールをつかんで席を立ち、店をあとにした。

外に出ると、雨が降りはじめていた。アビーは手を上げて、タクシーを止めた。「近くの酒屋に寄ってから、グリニッチヴィレッジに行ってちょうだい」

10

スタンダード・スタジオが管理するアパートメントの一室に滞在するために、ジャックはスタジオ側と一戦を交えなければならなかった。スタジオ側はザ・ウォルドーフ＝アストリアのような五つ星ホテルに彼を泊まらせようとしたが、そんなところではいつ売り出し中の若手女優や記者と出くわすともわからない。今はそうした人間にわずらわされるのはごめんだった。頭をはっきりさせる時間が必要だ。ジャングル、洞窟……マイアミのホテルの部屋、口や手に残るアビーの感触……アビーのにおいや官能的な尻や濡れたプッシーや、今にも絶頂に達しそうになっているときの声。そうしたものが頭のなかに繰り返し浮かんでくるのを、どうにも止められなかった。

ホンジュラスでいったい何が変わったのか、ジャックにはわからなかった。身の毛もよだつ体験をしたことは、これまでにもある。そういうときは、二、三度派手に楽しめば、いつもの日常に戻れた。だが、今回はひとりになって痛手を癒やしたかった。どんな痛手を負ったのか、自分でもよくわからなかったが。

アパートメントは通常は撮影隊が使っていた。最小限の家具が入った寝室がふた部屋に、ちゃんとしたシャワーがついたバスルームがひとつと小さなキッチンがある。最も大事なのは、今はほかに誰もおらず、ジャックがひとりで使えるということだった。ジャックは大画面テレビをつけ、いつもの癖で芸能ニュース専門チャンネルに合わせた。そこにはジャック自身が映っていた。ぼさぼさの髪にひどく汚れた顔をして、カメラに微笑みかけている。そして――ほら来た――ふいにショックを受けたような顔になり、こともあろうに「ノーコメント」と口にした。あれではアビーと寝たと言っているようなものだ。アビーが怒るのも無理はない。

ジャックは大きなマグにコーヒーを注いだ。ジャングルで恋しかったもののひとつだ。カフェインを必要としているとき、浄水タブレットで浄化した水では満足できない。気づくとキャスターが言っていた。「おふたりに近い関係者の話では、おふたりはじつにホットな関係になっていたそうです。有名人とのロマンスより、記者としての手腕で知られるマーシャルさんですが、ジャック・ウインターの前で服を脱がずにいるのはむずかしかったようですね」

毅然とした態度でオバマ大統領にインタビューするアビーをとらえた資料写真が映し出されたあと、画面はマイアミ国際空港での彼女の映像に戻った。アビーはすっかりくたびれているように見えたが、ジャックはこちらのほうが気に入った。それよりもっと好きな彼女の姿が自然と脳裏によみがえった。水浴びをしたあとの裸のアビーが。

カメラはケヴィンやジークと離れてアビーにリュックサックを渡しに行く彼の姿を追っていた。あんなことをするべきではなかった。自分の声が聞こえてきた。まるで増幅したかのようにくぐもっているうえ、まわりの雑音も大きかったが、言葉ははっきり聞き取れた。「ジャック・ウインターです。アビーとはこの四日間、いっしょに寝ていました」

ジャックはうめき声をあげた。ああ、これはもうだめだ。

アビーと話したいと思ったが、携帯電話の番号を知らないことに気づき、代わりにジークに電話した。彼は病院にいて、薬でも打ってもらっているのか、やけに機嫌がよかった。「おい、おれとアビーのニュースを観たか？　今すぐ記者会見を開いて事態を収拾したい」

ジーク・ブライアンはくすりと笑った。「おいおい、おまえが何を言っても、連中の考えは変わらない。ちがうと言えば言うほど、本当らしく見えるぞ。それに今度のことは、いい宣伝になるじゃないか。これで『ジャングル・ヒート』は大当たりする。映画のヒーローが実生活でもジャングルに不時着して、みんなを無事生還させ、ヒロインとねんごろになったんだからな。大成功するにちがいない」

「ジーク、このばかやろう！　おまえだったんだな、マスコミによけいなことを言ったのは！　だから街に着いたらすぐにオフィスに戻りたがったのか」

エージェントは声をあげて笑った。

ジャックは険しい声で言った。「おい、ジーク。アビーをこの騒ぎから救う方法が何かあるはずだ。アビーはおまえにブラを進呈したんだぞ。彼女をつらい目にあわせるな」

「おまえのほうがよっぽど彼女をつらい目にあわせてるじゃないか」

ジャックは怒鳴った。「いいからアビーをスキャンダルから救うんだ、ジーク。さもないと『ジャングル・ヒート』のプレミアにはいっさい行かないからな」

「そんなことをしてなんになる？　お色気むんむんのアビーと乳繰り合うのに忙しいんだろうと思われるだけだぞ」

「ジーク……」

薬が切れかけていたのか、ジーク・ブライアンの頭にもまだ理性のかけらが残っていたのかはわからないが、彼はいくらかまじめな口調になって続けた。「いいか、ジャック、本気でアビーを助けたいと思うなら、いちばんいいのは、今後いっさい彼女とはかかわらないことだ。連絡をとるのも、アビーのことを口にするのも、いっしょのところを見られるのもなしだぞ。そしてキム・カーデルとデートするんだ」

ちくしょう。ジークの言うとおりだ。そうすればマスコミの関心は『ジャングル・ヒート』で彼と共演したキム・カーデルに移り、誰もアビーの名前を出さなくなるだろう。

マニキュアの話を延々と聞かされるのはいただけないが、それだけの価値はある。「よし、わかった、ジーク。こうなったら、やるしかないな」

「メイクさんふたりとヘアスタイリストひとりしかつかなかったのに、わたしったらよくあんなにきれいに映っていたわよね」

キム・カーデルは話すのをやめなかった。ジャックの腕に腕をからませ、カメラに向かって微笑んで本能的にポーズをとりながらも、ずっとしゃべっている。なんの意味もない言葉がよく次から次へと口をついて出るものだと、ジャックはあっけにとられた。これだけ話せるのに台本を覚えられないのは、いったいどういうわけだろう。キムがきっかけをつかみそこねたり、せりふを忘れたりしたせいで撮りなおしになったシーンがいくつあったか、ジャックは思い出せなかった。

ふたりは『ジャングル・ヒート』のニューヨーク・プレミアの会場に敷かれたレッドカーペットのうえに立っていた。キムは美しくポーズをとりながら話しつづけた。「ふつうなら、あんなに不恰好なカーゴパンツを穿いていたら、すっごく太って見えるのに、わたしはそんなことなかったわ。そう思わない？　シャツの裾を結んで、おなかが見えたときには、引きしまっているのがよくわかった。ブートキャンプ・トレーニングのおかげね」キムは返事を待つかのように口をつぐんだ。

ジャックはキムを見おろした。背が低く、きゃしゃな体をしている。黒くて長い髪は毎日何時間もかけてセットしており、ジャックは決してさわらせてもらえなかった。大きな目とつんととがった唇がチャームポイントとされているが、実際には目も唇も不気味なほど動かない。ボトックスを打ちすぎているせいだろうとジャックは思い、表情豊かで、ノーメイクでも朝いちばんに見たい顔に知らず知らずのうちになっていた女性のことを考えないようにした。

キムの体に腕をまわし、キスしようとするかのように身をかがめる。歓声があがり、フラッシュがいっせいにたかれた。ジャックはその姿勢を二秒ほど保ってから背筋を伸ばし、いけないことをしているところを見つかったかのように気まずそうな顔をした。

キムはジャックに微笑みかけ、映画の撮影カメラの前では一度も見せたことのなかった顔をして、彼をうっとりと見つめた。

ジャックはキムといっしょにプレミアに出たあと彼女をクラブに連れていき、ジークはその情報をマスコミに流して、ふたりのあとをつけさせるつもりだった。こんなことを一週間も続ければ、アビーはジャックがジャングルでたまたまいっしょだった女性にすぎないとマスコミは思うだろう。ジャックはそう願っていた。

「ねえ、ジャック、アビーはどうされています？」記者がジャックに大声で問いかけた。

ジャックは肩をすくめた。「さあね。彼女とはマイアミ空港で話したのが最後だから」だが、彼はアビーとまた話したいと思っていた。その思いの強さに、自分でも驚いた。アビーは彼が手に入れられるような女性ではない。どんなにつらくても、彼女のことは忘れなければならなかった。

「じゃあ、ずっと会っていないいんですね？」

ジャックはおかしなことを訊くねというような顔をして、うんざりした口調で答えた。「マーシャルさんと？　もちろんだとも」キムの体に腕をまわす。「ぼくはこのすてきなレディと会っているんだ。でも、このことは内緒にしてくれよ」

これで明日には大々的に報じられるだろう。

アビーはどう思うだろうと思った。

アビーは空のボトルを掲げて、まじまじと見た。どうしてこんなに早くワインがなくなってしまったのだろう。

キットがしゃっくりをして、黒い髪をコーンロウに編みこんだ頭をうしろに傾けた。「さてと、お酒で悲しみをまぎらわすのはこれぐらいにしましょう。いったいどうなっているのか、本当のところを話して。ウィリアムと別れて悲しみに暮れているなんて言うのはなし」

「わたしは悲しみに暮れてるわ」

「そうかもしれないけど、それはウィリアムと別れたからじゃないでしょ。ねえ、あなたが今話してるのはわたしなのよ。コーヒーショップで偶然会った女友だちなんかじゃなくて。それで思い出したけど、ウィリアムが結婚市場に戻ったってハズバンド・ハンターの地元支部に知らせたほうがいいわね」

アビーはキットにクッションを投げつけた。「好きにすれば」

「ふうん、今の言葉でよくわかったわ。そうなると、もう一分だって待てないわよ。ジャック・ウインターとのあいだに何があったのか聞かせてちょうだい。〝ノーコメント〟はだめ」

「どう言ったらいいのかわからなくて」

話をはぐらかそうとしているわけではなかった。初めからすべてを打ち明けないのはいつものことだ。とはいうものの、今の困った状況について話せる相手がいるとしたら、それはキットをおいてほかにはいない。キットは最も古くからの友人で、アビーがめずらしく胸のうちを打ち明けたいと思ったときには、いつも彼女に聞いてもらっていた。キットには、黙って聞いているほうがいいときを見分ける不思議な才能がある。ふたりは人生の節目となる出来事――薬物でハイになってみたり、初めて男と寝たり、社会人になったり――を迎えたり、そのあいだに何かあったりしたときには互いに報告し合ってきた。キットは決してアビーを批判しない。それはわかっていたが、アビーはふいに落ちつかない気分になった。ジャックのことをキットにどう説明すればいいのかわからない。いや、キットにかぎらず誰に対しても、どう説明すればいいのかわからなかった。首筋がかっと熱くなったかと思うと、顔全体がほてってってきた。

「やだ、アビー。彼と寝たなんて言わないでよ。ちょっと待って。その前にもっと飲まなきゃ」

キットがキッチンでもう一本ワインの栓を抜き、プレッツェルの袋を開ける音が聞こえた。明日はふたりともひどい二日酔いになりそうだが、アビーはかまわなかった。とにかく誰かに話してしまいたかった。

キットは大きなワイングラスふたつにヴィオニエワインを注いだ。「これでいいわ。さあ話して」

アビーはごくりとワインを飲んだ。「彼とは寝てないわ。同じハンモックで寝たことは寝たけど」

「それで彼と――その、横になって踊るサルサは踊ったの？　ねえ、アビー、わたしは視覚に頼る人間なのよ。細かく状況を説明して」

「〝横になって踊るサルサ〟？　それ、クリニックで使う言葉なの？」アビーは訊いた。

「いつもクライアントにこんなふうに尋ねてるわけ？　〝近ごろ横になって踊るサルサのほうはどうですか？〟って。おもしろいわね」

今度はキットがクッションを投げた。

「アビー、あなたが話をはぐらかそうとしてるのはセラピストじゃなくてもわかるわ。ねえ、最後にもう一度だけ訊くわよ。いったい何があったの？」

「彼とキスした」

キットは金切り声をあげた。きっと二ブロック先まで聞こえたにちがいない。「ごめん。いいから続けて。彼とキスして……それから？」

「ちょっととその手のことをしたの」

「ちょっととって？　慎み深い言葉づかいはやめてよ。彼はホットだった？」

アビーはまたワインを飲んだ。

「ジャック・ウインターはものすごくホットだったわ」

ああ、これでいい。ようやく口に出して言えた。アビーはジャック・ウインターに性的に惹かれていた。いや、性的に惹かれているというのでは少し言葉が足りないかもしれない。彼はアビーのなかの何かを呼び覚ました。彼によって、アビーはまだ知らない自分や欲望に気づかされた。まるで拷問のようだ。求めても得られないのだから。ジャックはハリウッドの人間で、自分はニューヨークの人間だ。夢を見てもしかたがない。言葉にして吐き出して、早く忘れたほうがいいのだ。

「それだけじゃないの」

キットはグラスをおろして、身を乗り出した。「聞かせて」

「その、ある晩彼に、夕食に食べた魚の骨やなんかを埋めておくよう言われたの。食べものをさがしてる動物を呼び寄せないようにね。それなのに、わたしが言われたとおりにしなかったから、ジャガーが来ちゃったの。彼が戻ってきて追い払ってくれたけど、ひどく怒られて――」

アビーはグラスをテーブルに置いて少し間をとり、全部話そうと決心した。

「洞窟に連れていかれて、お尻を叩かれたわ」

キットは驚きと羨望が入りまじったような顔をした。「まあ、なんてこと」

「それだけじゃないのよ、キット。彼がわたしを叩きはじめたとき、わたしは足をばたつかせて必死にもがいて、思いつくかぎりの悪態をついたんだけど、そのうちに……そのなんていうか――」

「わたしは人間関係に関する悩みを専門にしているカウンセラーよ――何を聞かされても驚かないわ」

「感じてきたの」アビーはみじめな気持ちで言った。「いっちゃったのよ」

「まあ」

キットは真剣な顔になった。

「ほんとびっくりよね。自分でも信じられない。彼みたいな人にそんなことされて、そんなふうになるなんて」

「まあ、アビー」キットはグラスから手を放して、アビーを抱きしめた。「今までにそうなったことはないの？　そのつまり、ほかの誰かを相手に自分の服従的な傾向を追求してみたことは？」

アビーはキットから体を離した。

「いったい何を言ってるの？　わたしの〝服従的な傾向〟だなんて。わたしはあなたのクライアントじゃないのよ」

キットは愛情といらだちがないまぜになった顔でアビーを見つめた。

「アビー、悪くとらないでね。あなたは世界を股にかけて活躍する女性だけど、知らないことも多いわ。わたしがなんの話をしてるのかわかる？」

「ええ、たぶん。SMの話でしょ。あなたがそんな話をするなんて驚きだけど。だって、想像できる？　わたしがウィリアムに頼んで――」

ふたりは目を見合わせて、ぷっと噴き出した。ウィリアムが寝室で変態じみた行為をしているところなど想像もできない。アビーは自分のセックスライフ――あるいはノン・セックスライフ――についてキットに事細かに話してきたわけではないが、ひととおりのことは話してきた。ときどきキットはアビーとワインを飲みながら、ウィリアムとの未来を本当に望んでいるのかと尋ねてきた。アビーははっきり返事をせず、話をはぐらかすのがつねだった。

キットは真顔になり、真剣な口調で言った。「ねえ、アビー、これは人が何をするかではなく、どういう性的傾向を持っているかという話なの」

キットが何を言おうとしているのかわからなかったが、アビーは黙って耳を傾けた。

「支配したり服従したりすることで性的に興奮する人たちがいる。それは何も悪いことじゃないわ。そういう人たちにとっては、ごくあたりまえのことよ。奔放なセックスライフを楽しんでる人もいれば、ご主人さまとしもべとして結びついている、互いに忠実なカップルもいるの。アビー、服従的な傾向があるというのは、なにも変わってるってことじゃないわ。それに、あなたにそうした傾向があることに、わたしは以前から気づいてた」

アビーの頭は爆発しそうになった。

「ねえ、あなたはわたしのクライアントじゃないわ。これは友人として言ってるの。あなたは飛行機に飛び乗って、ニュースになるネタをどこまでも追っていくけど、私生活ではつねに弱い立場にあるでしょ」

「そんなことないわ」アビーはクッションをキットに投げ返した。クッションはキットにはあたらずソファの肘掛けにぶつかって、ラグのうえに落ちた。

「いいえ、そうよ。考えてみて。あなたの家族でいちばん粗末な扱いを受けてるのは誰?」

「そんなことないったら」

「いいえ、あるのよ。休暇旅行をあきらめてふたごの世話をしたのは誰?」

「でも、あのときは姉さんの具合が悪くて――」

キットはアビーを見据えた。「アビー、お姉さんはたしかに風邪を引いてたかもしれないけど、お義兄《にい》さんもいるし、頼める人はほかにもいるのよ。それに面倒なチャリティイベントにいつも駆り出されるのはなぜ? どうしてノーと言えないの?」

アビーはキットの質問を無視して、プレッツェルをいくつかつかんだ。もちろんノーとは言える。言いたくないだけだ。ウィリアムとの結婚を決めたのだって、そうするようまわりに強制されたわけではない。自分で選んだのだ。姪っ子の面倒を見たり、チャリティイベントを手伝ったりするのも、姉や姪たちを愛しているからにすぎない。

キットはワインのお代わりを注いだ。「あなたの頭が目まぐるしく回転してるのが見えるようだわ。わたしが言いたいのはこれだけ。あなたはウィリアムと別れたけど、それを悲しんではいない。むしろ喜んでると言ってもいいぐらいよ」

アビーはいい気がしなかった。自分は恋人と別れて悲しみもしないような冷たい人間ではないはずだ。

「ひどいこと言うのね」

「じゃあ、またクッションを投げつければ？　ねえ、ジャック・ウインターがあなたの世界を揺さぶったのは、そう悪いことじゃないのかもしれないわ。あなたも世界を救おうと飛びまわるのはやめて、少し休んだほうがいいのかもね。もしよかったら、いい人を紹介するから。あなたが自分について、もっと知りたいと思ったときのためにね。わたしはこれ以上何も言わない。決めるのはあなたよ」

アビーは黙ってうなずいた。キットを喜ばせることになるかもしれないが、自分の服従的な傾向とやらに翻弄《ほんろう》されるのは、もう二度とごめんだった。

もういやだ。とても耐えられない。あと一時間でもあの女といっしょに過ごしたら、絞め殺してしまうだろう。ジャックはアパートメントのドアを乱暴に閉め、ニューヨークを発つまでずっとここにこもっていようと決心した。キム・カーデルの相手をするのは、二度とごめんだった。

あれほどばかな女がいるなんて信じられない。アビーはキムとはくらべものにならないほど賢い。

だめだ。アビーのことを考えるのはよせ。

誰とくらべてもキムはプラスチック製の人形のように見えた。サラ・オブライエン＝ウィリスだってキムよりは賢い。考えてみれば、今までジャックが関係を持った女はみんな頭がよかった。どうやらＩＱが三桁あるのが、彼がつきあう女性を選ぶうえでの最低条件だったらしい。ニューヨークでそういう女を見つけるのは、それほどむずかしいことではないはずだ。

ジャックはタキシードを脱ぐと、体にまとわりついているキムの甘ったるい香水のにおいを消すために、すばやくシャワーを浴びた。いくらするのか知らないが、胸が悪くなるようなにおいだった。それからＴシャツにスウェットパンツという楽な恰好になって、ノートパソコンの前に座った。

新しいメールが四十通以上届いていた。ジャックはざっと内容をチェックした。ファンからのものが何通かある。前もって用意してある文面をコピーして貼りつけ、それぞれにちがうコメントをつけ加えて返信した。ホンジュラスに新しくできた学校の生徒ふたりが初歩的な英語で一生懸命に書いてよこしたメールもあった。ジャックは笑みを浮かべながら長い返事を書いた。今度あらためて手紙を書くと言ってきた母親からの短く堅苦しいメールと、自分の身に起こったことを詳しく書き連ねた妹からの長いメールもあった。妹からのメールを読むと、ダブリンが恋しくなった。

妹にはジャングルで体験したことを書いて返信した。だが、洞窟でアビーとのあいだに起こったことは書かなかった。ジャックは過去の苦い経験から、いくら家族でも向き合えないことがあると知っていた。いつかは故郷に帰り、つらい記憶と向き合うつもりだった。過去に人生を縛られるなんてまっぴらだ。でも、今はまだだめだ。たぶん、もう二、三年もすれば心の準備ができるだろう。

仕事上のメールや、迷惑メールフィルターをくぐり抜けてきたジャンクメールを処理してから、ようやく読むのが楽しみなメールを読むときがやってきた。〈フェットライフ〉のサイトに集《つど》う同好の士からのメールだ。ひと晩じゅうバービー人形の相手をした自分にご褒美《ほうび》を与えようと決めていた。自分と同じ性的嗜好を持つ相手と楽しくやって、アビー・マーシャルを忘れるのだ。ここはニューヨークだ。相手はいくらでも見つかるだろう。

自分のアカウントでログインして、新しく届いているメッセージを開いた。〝親愛なるご主人さま　わたしはとても悪い子です。どうかお尻を叩いて厳しくしつけてください。いかがですか?〟ジャックは返事をする前にその女性のプロフィールをチェックした。既婚女性とはかかわらないと決めている。だが、彼女に関する情報は皆無だった。友だちもおらず、属しているグループもなく、何フェチかも書かれていないうえ、書きこみもいっさいない。

ジャックは顔をしかめた。賭けてもいい。このメールの送り主は記者だ。必死に私生活を隠そうとしていても、ときにはどこからか情報がもれてジャーナリストが嗅ぎつけ、探りを入れてくることがある。もっとよく調べれば、彼が友人に紹介された相手としかかかわらないことがわかるはずなのに。危険は冒さないに越したことはない。

アビーとのことだって、あれだけ騒ぎになったのだから。

よせ。ジャックはアビーを頭からしめ出した。彼女のことはもう考えるな。さらに二通のメッセージを開き、友人たちとチャットして、ある友人の投稿ページに誕生日を祝う書きこみをした。さらには古い友人のひとりに新しいご主人さまができたことに気づき、そのご主人さまはジャックの知らない男だったので、男のプロフィールをチェックして、嗜好やこれまでに関係を持った相手をたしかめた。怪しげなところは何もなく、ジャックは古い友人がいい選択をしたことを知ってほっとした。

するとチャットボックスが開いて、メッセージが表示された。以前、ジャックのしもべだったパロマだ。彼が長期間にわたって契約を結んでいた唯一の相手でもある。彼女とは、彼がまだ無名だったころ暮らしていたニューヨークで出会った。ふたりともオフブロードウェイの劇場に出ていたのだ。ダブリンでのことがあったあと、ジャックはふつうのセックス以外のことをするのを怖がっていた。だが、パロマはジャックの秘めた嗜好に気づいて、彼を解き放ってくれた。今ではめったに会うこともないが、彼女のことを思うと心が温かくなる。この前彼女とチャットしてから一年以上たっていた。

〈ジャック、あなたなの？〉

ジャックはすぐに返した。

〈おれじゃなきゃ誰だというんだ？　元気か？〉

〈そうでもない〉

さらなる言葉を待ったが、パロマは何も言ってこなかったので、ジャックはうながした。

〈話してみろ〉

〈はい、ご主人さま〉

ジャックは微笑んだ。そんなふうに命令調で語りかければ彼女が落ちつくことを覚えていたのだ。

〈さあ、話せ〉

今度はすぐに返事が来た。

〈Tがわたしと別れようとしているみたいなの〉

Tというのはパロマの今のご主人さまだ。この前聞いた話では、ふたりはとてもうまくいっているとのことだったが。

〈どうしてそう思うんだい？〉

一瞬、間があった。

〈彼のようすがおかしいの。昨日、いっしょにご飯を食べに行ったんだけど、わたしに一度もご主人さまと呼ばせなかった〉

〈でも、おれは今でも精力旺盛な男だし、きみは見事な尻をしている。気になって当然だ〉

少しは元気が出てきたらしく、パロマは生意気な口をきいた。

〈あなたはもうわたしのご主人さまじゃないわ〉

〈それはまずいな〉ジャックは認めた。〈何色のショーツを穿いていたんだい？〉

〈それに、わたしが何色のショーツを穿いているのか尋ねようとしなかったの〉

〈それだけ？〉

〈昔のよしみで教えてあげる。黒いレースのショーツよ〉

〈いい子だ。食事のあと、Tはそれを見たのか？〉

〈ええ、とても気に入ってくれたわ！〉

〈それはよかった。彼は昨日、何かいやなことがあっただけなんじゃないか？〉

〈そうかもしれないけど。とにかく不安なの〉

パロマはすでに彼の手を離れたものの、ジャックは今でも彼女に責任のようなものを感じていた。それに久しぶりに彼女と会うのも悪くない。

〈明日の夜、いっしょに一杯やらないか？　好きなだけ話を聞いてやる〉

〈ええ、いいわね。スペイン料理はどう？　うちの近所に新しくタパスバーができたの〉

パロマと細かいことを決めてチャットを終えてから、ジャックはふたたび〝とても悪い子〟からのメッセージを見た。記者はごめんだ。絶対に。

11

ジョッシュ・マーティンはコーヒーを押しやった。「アビー、落ちついて聞いてくれ。わたしにはどうすることもできないんだ。きみにはライフスタイル部に移ってもらう」

「ライフスタイルですって？　経験豊かな事件記者を一年目のインターンでもできる仕事に就かせるなんてどうかしているわ。勘弁してください。ゴシップネタをさがしたり、ファッションやセレブに関する特集記事を書いたりすることのどこがむずかしい仕事なんですか？」

「きみには気の毒に思うが、わたしが決めたことじゃないんでね。今のところジャック・ウインターはマスコミを大きくにぎわしているし、きみは彼と関係があるわけだから――」

「わたしはジャック・ウインターとなんの関係もありません」

ジョッシュは降参するように両手を上げた。「わかった、わかったよ。きみが彼と寝たなんていうたわごとはわたしだって信じちゃいない。きみはそんなことをするほどばかじゃないからな」

ジョッシュは立ちあがってドアを閉め、報道部の喧騒が入ってこないようにした。

「なあ、アビー、わたしはこの業界にもう二十年いるが、それでも理解できないことはある。きみを報道部からライフスタイル部に異動させると、取締役会が突然決めたんだ。たしかに異例のことだが、取締役会の決定には逆らえない。二、三カ月のあいだ辛抱してくれ。きみを報道部に戻すよう働きかけてみるから」

アビーは憤慨して息を吐き出した。どういうわけか、そう言われても少しも安心できなかった。

「それにわかっているだろうが、ライフスタイル部に移されても、ホンジュラスの一件を追いつづけることはできる。ライフスタイル部に移れば、きみへの圧力もなくなり、おかしないやがらせもやむかもしれない」

アビーは反論しようと口を開きかけて、思いとどまった。ジョッシュの言うことにも一理ある。彼女はホンジュラスの麻薬組織と政治家との癒着に関する記事を書かないよう、何者かから圧力をかけられていた。特定の記事を書かれたくないと思っている人間からいやがらせをされるのは慣れていたが、今回はとくに悪質だった。おどされるのはめずらしくないが、蘭の花を送られるのは初めてだ。アビーのもとにホンジュラスの国花を送ってくる意味は誰の目にも明らかだった。ホンジュラスを離れた今でもアビーは見張られているのだ。蘭の花は、今ではほぼ毎日、報道部に送られてくるようになっていた。美しく完璧な姿で送られてくることもあれば、花びらをむしり取られた無残な姿で送られてくることもある。アビーはしだいに追いつめられ、蘭の花を見るのもいやになっていた。ジャックが髪に蘭の花を挿してくれたときのことが、ジャングルにいたあいだの最も幸せな記憶だったのに。

「おどしなんて怖くありません」

ジョッシュは唇をきつく引き結んだ。「いや、少しは怖がったほうがいい。きみはもっと慎重になるべきだ。ライフスタイル部に行くことでしかそうなれないというなら、異動もしかたない」

アビーはぎこちなくうなずいた。どうしてもライフスタイル部に移らなければならないのなら移るまでだ。死ぬほど退屈な仕事をさせられるとわかっていても。ドアの取っ手に手をかけたとき、ジョッシュがつけ加えた。「国務省のトム・ブレスリンから目を離すんじゃないぞ。やつは例の一件の鍵を握ってる」

アビーは部長のオフィスを出て、ドアを背後で叩きつけるようにして閉めた。自分の席に戻ると、机のうえに『USウィークリー』が置かれていた。第三面が開かれ、ジャック・ウインターの独占インタビュー記事が赤く囲まれている。〝アビー・マーシャルとはなんの関係もない〟というのが見出しらしい。笑っている者はいないかとまわりを見まわしたが、みな仕事に熱中しているようだった。いまいましいったらない。アビーは新聞をくずかごに投げ捨てた。

いいだろう。そんなに異動させたいなら異動してやる。急いではあげないけど。アビーは報道部の自分の机を明け渡すことを拒否し、大事なものを引き出しに入れて鍵をかけた。コーヒーを二杯飲み、マフィンをひとつ食べてから、うえの階に上がった。

「マーシャルさん、ようこそ、うちの部へ」ベッツィ・テイラーはライフスタイル部の部長を十年以上も務めていて、ジョッシュ・マーティンに負けず劣らず厳しい上司だと言われている。

「どうも。自分がどうしてここにいるのか、よくわからないんですけど」

嘘もいいところだ。自分がどうしてここにいるのか、アビーにはよくわかっていた。ジョッシュも誰も口に出しては言わなかったが、これこそまさに不文律というものだ。プロのジャーナリストはインタビューした相手とおかしなことになってはならない。アビーの身の安全を図っての措置だと言われようが、懲罰であることには変わりなかった。少しでも早く刑期を務めあげて、真のジャーナリストに戻らなければ。

ベッツィは黒のパンツにボタンダウンのシャツというアビーのきちんとした恰好に目を向けた。「あなたにはファッションを担当してもらおうかしら?」

「それは……ちょっとどうかと思います」アビーは言った。ジャングルや砂漠に行かされるのはかまわないけど、ハイヒールを履かされて機嫌よくしているとは思わないでもらいたい。

「それじゃあ、ゴシップは？」ベッツィは尋ねた。

「政界のゴシップですか？」アビーは期待をこめて言った。

「いいえ、ちがうわ」ベッツィは唇をすぼめた。「ライフスタイル部が扱うゴシップといえばただひとつ。誰と誰が寝ているか、その最中にはどんなものを身につけたり身につけなかったりしているかということだけ」

「なるほど」アビーはがっかりしているのが声に出ないよう気をつけなければならなかった。思っていたよりひどいことになりそうだ。

「もちろん、あなたがお偉方や有名人たちに対して持っているコネは存分に使ってちょうだい。たとえばジャック・ウインター。彼には記事になりそうなネタがある。成功したハンサムなアイルランド人俳優。その順調なキャリアをおびやかす秘密。苦しんでいるヒーローっていいわよね。そう思わない？」

アビーのジャーナリストとしてのレーダーが反応した。「秘密というのは？」

「SM趣味のことに決まっているじゃない。もっとも、彼はまだ尻尾をつかまれていないけど。今のところはね。われらがジャックはかなりワイルドなお仲間とつきあっているそうよ。あいにくその手の人たちはとても慎重でね。まあ調べてみるといいわ」めがねをかけたアシスタントが手を振ってベッツィを呼んだ。「部長、パリから電話です」

「パリス・ヒルトン？」ベッツィは尋ねた。

「いいえ、フランスのパリからです」

ベッツィはジョーマローンの香水の香りをたなびかせて立ち去った。

そんなまさか。ジャックにSM趣味があるなんて。キットにあんなふうに言われ、SMについてインターネットで調べもしたが、アビーはなおも、ジャックが彼女のヒップを叩いたのは命を危険にさらすようなまねを二度とさせないためだと思おうとしていた。ジャックにそういう趣味があって、自分は彼にヒップを叩かれた大勢の女のひとりにすぎないと思うと、いやな気分になった。

なにも驚くことではないのかもしれない。ジャックはヒップを叩くのがうまかった。自分がしていることを正確にわかっていた。何年ものあいだ、さまざまな女を相手に練習してきたからにちがいない。そう思っても、少しも気分はよくならなかった。

しかもジャックは自分のちょっとした秘密はもらすことなく、アビーと同じハンモックで寝たことを明かして彼女を笑いものにした。いいわ、そっちがそう出るなら、こっちも黙っちゃいないわよ、ミスター・ハリウッド。今度はジャックの秘密があばかれる番だ。ジャック・ウインターと出会って一週間もたたないうちに、アビーは婚約者と好きな仕事を失い、評判を落とした。今度はこちらが仕返しをする番だ。どこから始めればいいか、アビーにはわかっていた。

誰も使っていない机を見つけて座り、キットに電話をかける。留守番電話が応答した。

「キット、お願いがあるんだけど。わたしの、その……問題をはっきりさせるのに役立つ人を紹介してくれるって言ったでしょ？　じつはその……その人とできるだけ早く話がしたいの」

コーヒーショップの店内は騒がしかった。アビーはドアの内側に置かれている金属製の傘立てに傘を入れて、キットをさがした。

「アビー」店の奥から彼女を呼ぶ声がした。せまいくぼみを利用した半個室に置かれたテーブルに、キットとひとりの女性がついている。アビーの鼓動が大きくなった。いよいよだ。これからわたしは自分と同じように服従的な傾向を持つ女性と話をする。ちょっと何を言っているの？　アビーは自分自身を叱りつけた。わたしは服従的な傾向なんて持っていないわ。

「パロマ、こちらはわたしの友人のアビー。アビー、パロマよ」

アビーはパロマを見て驚いていた。そして、自分が、裸に近い恰好をしたポルノ女優まがいの女性と引き合わされるだろうと思っていたことに気づいた。パロマは丸みを帯びた体つきをした、三十代なかばの女性だった。薄化粧の顔には、温かな笑みが浮かんでいる。

キットはふたりを残して立ち去った。アビーは柄にもなく口ごもった。何から話せばいいのだろう。

パロマはよくわかるというように微笑んだ。「きっとおかしな気分でしょうね」

「ええ、自分がなんでここにいるのか、よくわからなくて。あなたに会ったほうがいいとキットは思っているみたいなんですけど」アビーは現実にこうしているのが信じられなかった。目の前にいるのは血の通った人間だ。インターネット上のサイトに載せられたプロフィールではなく。

「初めはみんな何もわからないのよ」パロマが肩にかかる黒い髪をうしろに払うと、銀のネックレスが現れた。南京錠を模した小さなペンダントトップがついている。アビーはインターネット上のサイトを見てまわっているときに、それと似たようなものを見たことがあったが、パロマがしているものはかなり古く、高価なもののように見えた。パロマはアビーの視線に気づき、ネックレスをさわった。「三年目の記念日にご主人さまがくれたの」

「とてもすてきですね」鞭や鎖を好む人々が記念日を大切にするとは、どういうわけか思ってもみなかった。

「あなたはご自分のなかの服従的な傾向を追求するのを手伝ってくれる人間を必要とし

ていると聞いたけど」

そんなふうに言われると、とてもあからさまに聞こえた。「そうですね、自分がその——あなた方と同じなのかどうなのか、よくわからないんですけど、まあそこのところを追求していると言えなくもないですね」

アビーは自分があいまいな話し方をしていることに気づいた。ジャック・ウインターの秘密をあばくつもりなら、パロマが属している世界に導いてもらわなければならない。その役目を担ってくれるようパロマを説得しなければならなかった。「仕事で海外に行っていたときに、あることが起こったんです。ある人と出会って、その人に……お尻を叩かれたんです」アビーは固唾をのんでパロマの反応を待った。

パロマは小さく微笑んだ。「お尻を叩かれるのは強烈な体験よね。初めてだったの？」

アビーはうなずいた。「それからずっとそのときのことが忘れられなくて。相手がその人だったからなのか、その行為自体のせいなのか、わからないんですけど。いったいどうしたらいいのかもわからないし。正直に言いますけど、わたしは記者なんです。このことがおもてざたになれば……わたしの評判はきっと——」

パロマはうなずいた。「ええ、あなたのことはニュースで見たわ」

アビーは驚いて青ざめ、両手で頭を抱えた。「まあ、わたしのことをご存じだったんですか？」これこそ悪夢だ。自分の知らないところで、知らない人に笑われているなんて。

「なんの問題もないわ。わたしたちの世界では秘密を守ることがいちばん大切なルールなの。わたしはあなたのことを誰にも話さないし、あなたもわたしのことを誰にも話さないでちょうだい」

アビーはようやく気がついた。劇場にはそう頻繁に足を運ぶほうではないが、新聞の劇評にはひととおり目を通している。「あなたはパロマ・ペレスさんですね。二年前にトニー賞を受賞された」

パロマはうなずいた。「秘密よ、わかっているわね？　あなたが出会った人というのが誰なのかも想像つくわ」

アビーは心底驚いてあんぐりと口を開けた。顔が燃えるように熱くなる。「ええと……その……」

アビーは言葉を失った。パロマはおだやかに微笑んで、彼女の動揺がおさまるのを待っている。アビーはようやく落ちつきを取り戻して言った。「そうですか。でも、もう終わったことなんです。彼はわたしには興味ありません」

パロマが訳知り顔で笑みを浮かべるのを見て、歯を食いしばりながら続けた。「それにわたしも彼には興味ありません。そういうことについて、もっとよく知りたいだけなんです。サイトの会員になるとか、パーティに参加するとかして」

けれどもパロマは首を横に振った。「あなたは右も左もわからない赤ん坊のようなものよ。いきなりそんなことをしてもだめ。まずは自分についてもっとよく知らないと。あなたに必要なのは、いい指導者だわ」

パロマはふたたび銀の南京錠に手をやり、考えこむような顔で言った。「ふつうのときなら、わたしのご主人さまは喜んであなたの相手をして、あなたの限界を試すのに手を貸してくれると思うんだけど――」

アビーは椅子のうえでびくりと身を引いた。「いいえ、そういうのはけっこうです。おかしなことをするつもりはありません」

せまい半個室にパロマの笑い声が響いた。「オンラインでという意味よ、アビー。ご主人さまはその手のことが得意なの。でも、わたしたち、今少しむずかしい時期に来ていて。ちょっと微妙な感じなのよ。だけど、ほかの人間を紹介することはできるわ。わたしの昔からの友人で、経験も豊富よ。あなたもきっと気に入ると思う」

「わかりました」アビーはほっとした。とにかくこれで話を聞ける相手はできた。いろいろと詳しくなれば、ジャックを見つけられるかもしれない。

「わたしから彼に電話しておくわ。ハンドルネームは何にする?」

「〝野生の蘭〟」アビーはすかさず言った。

口に出して言うとばかげているように聞こえたが、その名前を使うことで、自分をおどそうとしている人間から蘭の花を取り戻したかった。蘭の花はホンジュラスやジャングルやエキゾチックな花々や、何よりもジャックの思い出と結びついているのだから。そこまで考えてアビーは首を横に振り、ジャックのことを頭から追い払った。

「わかったわ」パロマはうなずいた。「彼と話してから、今夜あなたにメールする」

「なんだよ、ジャック。飲みに行かないのか？　ホンジュラスから戻ってきてから、めっきりつまらない男になったな」ケヴィンはジム用のバッグを肩にかけ、ジャックの脇腹にこぶしをお見舞いしようとした。

ジャックはすばやくうしろに下がった。「懲りないやつだな。いったい何を考えてるんだ？　総合格闘技《MMA》トレーニングを二時間もこなしてきた男に殴りかかるなんて。歯に蹴りを食らいたいのか？」

ケヴィンは控えめとは言えないおどしの言葉を無視して、通りに続く階段をおりはじめた。「トレーニングしてきたのはおまえだけじゃないぞ。蹴りなんて、こっちだって入れられる」

ジャックはパパラッチを警戒してあたりに目をやりながら、ケヴィンのあとを追って階段をおりた。どうやら運は尽きていないようだ。「そんなにエネルギーがあり余っているのか。トレーニングが足りないんだな」念には念を入れて、湿った髪のうえにパーカーのフードをかぶる。

「腹筋を二百回もしなくても、すっきりした体を保てる人間もいるんだ」

「すっきりした体を保てなければ、報酬を得られない人間もいる」

ケヴィンにとってはそれでいいかもしれない。運動をするのはただ健康を保ちたいからで、そのために彼がいることをマスコミにもらしたり、サウナやシャワー室にまで記者がついてくるのを放っておいたりしないジムをさがさなくてもいいのだから。ジャックが乱暴者と呼ばれることになったのは、そうしたことが原因だった。どこの誰かもわからない男に大事なところを撮られておとなしく立っていられる人間がいるというなら、お目にかかりたいものだ。

ジャックは苦笑した。少なくともカメラアングルはよかった。おかげで彼は馬並みのものを持っているという評判をとっている。

今通っているジムは総合格闘技専門で、サウナはなく、シャワーヘッドも二十年前にすたれた固定式のものだった。だが、ダンベルは五十キロのものまであるし、フリーウエイト・トレーニングのためのラックも三台あるうえ、トレーナーたちも情け容赦がない。ジャックは疲れ果てていた。明日には体に青あざができているだろう。

アビーの尻はあざにならなかっただろうか。炎症をしずめるアルニカが配合された薬を塗るよう言っておくべきだった。ちくしょう、どうしてすぐにアビー・マーシャルのことを考えてしまうのだろう。体が大きくて汗まみれのパーソナルトレーナーや、どこまでもついてくる卑劣な男たちについて考えていたはずなのに。それもこれも、ずっと女と寝ていないせいだ。「おまえの言うとおりだな、ケヴ」ジャックは言った。「そろそろ飲みに行ってもいいころだ」

一時間後、ふたりは三番街のアイリッシュバーにいて、暖炉のそばのテーブルにつき、食べものを注文し終えていた。ケヴィンがギネスをふたり分注文した。ジャックはギネスがそれほど好きではなかったが、そのままにしておいた。この前アルコールを飲んだのはいつだったか思い出そうとしたが、思い出せなかった。もっと早く飲むべきだった。

「それでアビーとの仲はどうなってるんだ?」

ジャックは店の名物の〝伝統的なアイリッシュ・シェパードパイ〟をのどにつまらせそうになった。ケヴィンが彼の背中をいささか強すぎるぐらいに叩いた。

「どうにもなってないよ。ジャングルから戻ってきて以来、会っていないのはもちろん、話もしていないんだから」

「ああ、おまえは忙しかったものな。キム・カーデルのお相手で。幸せをひとりじめにする男ってのがいるもんだな」

「おい、あの女と十分でもいっしょに過ごしたら、彼女の話を聞かないですむよう耳に先のとがった棒を突っこみたくなるぞ。あの女が自分の言葉で話さなくていい映画にしか出ないのは、それなりのわけがあるんだ」

「おいおい、あの胸を見ただろう？　あんなに大きな胸をしているんだ。彼女が何を話すかなんて、誰が気にする？」

「おれはあの胸をつくるのにいくらかかったか正確に知っている。手術から回復するのにかかった時間や、あの胸にかけられている保険金の額もね。いいか、キム・カーデルの相手をしているのは、ただの仕事だ。楽しんでやってるわけじゃない」

「アビーのときとはちがって？」

ほら、またアビーの話に戻った。彼女のことは考えたくないのに。「アビーは記者だ。おれがマスコミをどう思っているのか、よく知ってるだろう？」ジャックはギネスを手にしてひと口飲んだ。

「それじゃあ、ぼくが彼女に近づいてもかまわないんだね？」ケヴィンはパイをフォークで口に運んで食べた。ジャックはフォークを別の場所に突き刺してやりたくなった。

「アビーは婚約してるんだぞ。忘れたのか？　ジャングルでおれたちに話しかけられるたびに、婚約者がいることを強調していたじゃないか」大嫌いだった教師たちのような話し方を自分がしていることに気づいたが、どうにもできなかった。ケヴィンがアビーに手を出そうとしていると思うと頭にきた。

「いや、もう婚約していない。知らなかったのか？　アビーはなんたらいう男と別れたんだぞ。今はフリーだ」

そのニュースを聞いて心臓が跳ねあがったのをジャックは無視した。自分にはなんの関係もないことだ。

「だからアビーを口説いてみようかと思って」

「彼女には手を出すな」ジャックは気づくと口にしていた。ケヴィンは見透かすような目で彼を見ている。

「手を出したらどうなるんだ？　彼女はいい女だ。胸はほんものだし、とてもいい形をしている。それはそうと、彼女にブラをはずさせたのはよかったな」

「彼女には手を出すな」ジャックは繰り返した。

「悪いな。アビーはフリーだし、ホットだ。それにおまえはもう、彼女によく思われていないんだろう？」

何が起こったのか自分でもわからなかった。あとになって思うと、ＭＭＡトレーニングをしたすぐあとだったことと、空っぽの胃にアルコールを流しこんだことと、ケヴィンにとてつもなく頭にきたことがあわさって、ああなったのかもしれない。ジャックは彼を殴っていた。かなり強く。ケヴィンはおがくずを敷いた床に跡を残してうしろ向きに吹っ飛んだあと、起きあがってジャックに飛びかかってきた。

バーの店員がどうにかふたりを引き離したときには、すでに警察が呼ばれていて、結局ふたりは逮捕された。ジークが警察署にジャックを引き取りにきた。パパラッチやテレビカメラが警察署の前で待ちかまえていると聞かされても、ジャックは驚かなかった。セレブが逮捕されるとニュースになる。親友を殴り、バーの店内をめちゃめちゃにしたとあってはなおさらだ。ただひとつの救いは、今のところ、どうして喧嘩になったのか誰も気にしていないらしいということだった。ふたりのアイルランド人がバーで喧嘩するのに理由など必要ないと思われているのだろう。

ジークに連れられて外に出たときには、すでに暗くなっていた。顔の前でいっせいにフラッシュをたかれ、ジャックは目がくらみそうになった。顔をしかめて腕を上げ、目を守る。ときどきこの仕事が心底いやになることがある。演じるのは大好きだが、映画スターだからといって何かと騒がれるのは、まったく好きになれなかった。

顔に向けられたカメラを、ジャックは悪態をついて払った。カメラは持ち主の手を離れて地面に落ち、カメラマンはすごい剣幕で怒鳴った。「おい、こいつは新品のハッセルブラッドなんだぞ。いくらしたのかわかってるのか？」

「なら、訴えればいい」もううんざりだ。ジャックはジークに向きなおった。「ここから連れ出してくれ」

十分後、ふたりはジャックのせまいアパートメントではなく、ジークのニューヨークの住まいである州北部の邸宅に向かっていた。電動ゲートと最新式のセキュリティシステムに守られた十エーカーの敷地に建つ柱廊のある屋敷は、騒がしい街なかとは別世界だった。

「住み心地がよさそうな、ささやかな住まいじゃないか」ジャックは言った。「改装が終わったら、さぞかしすてきになるだろうな」

ジークはぽかんとした顔で彼を見つめた。

ジャックはため息をついた。こっちの人間はアイルランド流のユーモアを解さないことをつい忘れてしまう。

執事がドアを開けてお辞儀した。「ブライアンさま、お帰りなさいませ」ジャックには会釈しただけだった。バーで喧嘩したあと留置場で数時間過ごしたのだ。自分が最高の姿でないことは、ジャックにもよくわかっていた。

「コーヒーをたっぷり淹れてくれ」ジークは命じた。ジャックがまだ酔っているとでも思っているのだろうか。そのあとジークは彼を十九世紀の書斎を模した美しい部屋に案内した。ジークがここにある本を一冊たりとも読んだことがないことに賭けてもいいとジャックは思った。

それぞれがコーヒーを手に腰を落ちつけると、ジークはジャックを非難しはじめた。

「どうかしているんじゃないか？　自分のキャリアが台なしになってもかまわないのか？　レストランでテーブルを片づけて食いぶちを稼ぎたいのか？　こんなことを続け

ていたら、そのうちそうなるぞ」

ジャックはコーヒーカップをおろした。「ただの喧嘩じゃないか。そんなにおおごとじゃない。店の損害はちゃんと弁償するから」

ジークは手を振ってジャックの言葉をしりぞけた。「わたしがとっくに弁償した。壊れた椅子のことなんてどうでもいい。わたしが問題にしているのは、おまえが自分の評判を落とすようなことばかりしてるということだ」

「さっきも言ったけど、ただの喧嘩じゃないか、ジーク。おれがジャック・ウインターでなければ、誰も気にもとめなかったはずだ」

「でも、あいにくおまえはジャック・ウインターだ。それに、わたしはおまえがほかのことにかかわっているといううわさも耳にしている」ジークはそこで言葉を切り、きまり悪そうな顔をした。彼らしくないことだ。「おかしなことに」

ジャックはコーヒーをひと口飲んだ。「おかしなことって？」

「わかっているだろう？　変態じみた行為だ。し、尻を叩くことだよ」

ジャックは噴き出しそうになった。ジークがこれまでにキャスティングにかかわった映画のなかにはかなりきわどいものもある。胸が悪くなるほど創意に富んだ方法で人間が殺される映画とか。それなのにジークは尻を叩くと言うのさえ口ごもる始末だ。それ以上の行為のことを知っているはずがない。「たいしたことじゃない」

「いや、大問題だよ、ジャック。今『アフリカの女王』のリメイクの話が持ちあがっていて、おまえが主演男優の候補に挙がっているんだ。でも、その手のことがおおやけになったら、この話はなくなる。子どもも観る映画なんだ。おまえには品行方正にしてもらわなきゃ困る」

ジャックは座っていてよかったと思った。立っていたら興奮のあまり卒倒していたかもしれない。『アフリカの女王』は映画史に燦然《さんぜん》と輝く名作だ。その主役をやれば、今まで出てきたような、ハンサムなヒーローを愛《め》でるだけの映画から卒業できる。演技派の俳優として認められるだろう。彼がハリウッドに進出して以来、待ち望んでいた役だった。

「わかったよ、ジーク。その役を手に入れるためにはどうしたらいい？」

「とにかく行儀よくしているんだ。どこにも行かず、誰とも話さず、やっかいなことには巻きこまれるな。修道女みたいな暮らしをしろ」

『アフリカの女王』のチャーリー役（オリジナルではハンフリー・ボガートが演じた役）を手にするためならなんでもする。ジャックはうなずいた。今この瞬間から、修道女みたいな暮らしをしよう。

12

ジャックはスマートフォンの画面を見つめた。パロマから三回着信がある。変だな。何かあったのだろうか。電話をかけると、パロマは最初の呼び出し音で出た。「おい、大丈夫なのか？」

ジャックのあわてたようすにパロマは驚いたようだった。「ええ、もちろんよ」

「三回も着信があったから、何かあったんじゃないかと心配したじゃないか」

「ごめんなさい、ご主人さま」パロマが心から悪いと思っているのが声でわかった。

「おれはもうきみのご主人さまじゃない」

「わかるでしょう？　昔の習慣はなかなか直らないものよ。それにあなたはトーマスよりずっと厳しかったから」

ジャックはにやりとしそうになったが、険しい声のままで言った。「どうして電話してきたのか言わないと、昔のように厳しくするぞ。罰として部屋の隅に立たせてやる」

「やめて。立たされるのは大嫌いなの。どうか怒らないで聞いてちょうだい。わたしのお友だちのお友だちが、自分はマゾだと気づいて動揺しているの。それで、あなたと話すよう、その人に言ったのよ」

「パロマ――」今はそういうことをしては具合が悪いことを、どう説明すればいいだろう。

「あなたにも責任はあるわけだから」

「なんだって?」頭のなかが真っ白になった。アビーのことなのだろうか。彼女が尻を叩かれて、ひどく興奮していたのはたしかだが。「それは本当なのか?」

パロマが微笑んでいるのが目に見えるようだった。「ねえ、ジャック。ジャングルであなたにお尻を叩かれた女が何人いるの? 彼女、ずっと、そのことが頭を離れないんですって。だから、本当のところはどうなのか、自分を試してみたいらしいの」

「彼女はまちがっている。アビー・マーシャルにはその手の資質はない」やはり、尻を叩かれ、悲鳴をあげながら絶頂に達したアビー・マーシャルにちがいない。

パロマは考えをめぐらせているらしく、少し間を置いてから言った。「わたしはそうは思わないけど。でも、あなたが気が進まないというなら、ほかに彼女を導いてくれる人をさがすわ」

「だめだ!」ジャックは思わず口にしていた。ニューヨークにはしもべがいくらでもいるだろうに、どうしてアビーはよりにもよってパロマに相談したのだろう。「おれ以外の人間を彼女に近づけたくない。彼女は何もわからずにさまよっている不思議の国のアリスみたいなものだ。どんなばかげたことをして、ひどい目にあうかもわからない。少なくともおれなら、彼女がおかしなことにならないよう気をつけてやれる」

パロマは笑い声をあげた。「引き受けてくれると思っていたわ。ジャングルでのことは口にしてはだめよ。アビーのハンドルネームは〝野生の蘭〟。あなたが誰なのかは話していないわ。彼女には今夜十時にログインして待っていたらご主人さまにオンラインで会えると言ってあるの。あなたが彼女をつかまえられなかったら、わたしは誰かほかの人をさがすから」

「いや、その必要はない。おれが相手をしてさんざん怖がらせて、こうしたことから手を引かせてみせる。それからパロマ、今きみがここにいたら、テーブルのうえにうつ伏せにさせて尻を叩いてやるところだぞ」

パロマはふたたび声をあげて笑った。「まあ怖い」そう言って、電話を切った。

アビーはキンドルのカバーをぱたりと閉じ、時計に目をやった。まだ時間にはなっていない。赤の他人とオンラインでセックスについて話さなければならない時間まで、あと一時間あった。どうしてこんなことをしているのだろう。パロマがこんなに早く連絡してくるとは思ってもみなかった。彼女の友人とやらから連絡が来るのは何週間か先になるかもしれないとさえ思っていたのだ。

キッチンに足を運んで、ワインの栓を抜いた。アルコールでも飲まなければ、とてもできそうにない。とはいえ、飲みすぎないようにしなければならなかった。飲みすぎると、ついあけっぴろげになってしまう。キットと飲んだ晩に起こったことを見ればわかる。

アビーは自分のアカウントでインスタントメッセンジャーにログインした。すぐに三通のメッセージが現れて、思わずノートパソコンを閉じそうになった。

「ばかね、たぶん迷惑メールよ」

あらためて画面に目をやる。〝調教師〟からのメッセージはなかった。コンピューターゲームへのお誘いのみだ。ほっとしていいのかどうかわからなかった。あと四十五分。それだけあれば風呂に入れる。風呂に入ったあとなら、リラックスしてチャットできるかもしれない。

パロマともっと話せたらよかったのに。いったいその調教師と何を話せばいいのだろう。〝ご主人さま〟と呼ばなければならないのだろうか。いや、赤の他人を〝ご主人さま〟と呼ぶなんてとんでもない。

アビーは風呂からあがって、パジャマとガウンを身につけた。時計は十時十五分を示している。完璧だ。熱心すぎると思われたくない。アビーはログインした。調教師はまだ現れていないようだ。ひと息ついて、自分に小さく号令をかけた。「行くわよ」

〈野生の蘭――こんばんは〉

〈調教師――遅いぞ〉

驚いた。彼は彼女を待っていたのだ。どうやら怒っているらしい。いったいどうすればいいのだろう。しっかりしなさい、アビー。彼に見られているわけではないのよ。アビーはキーボードに手を置いて、文字を打ちはじめた。

〈野生の蘭――ごめんなさい〉

〈調教師――どうしてここに?〉

〈野生の蘭――こっちが訊きたいわ〉

アビーはワイングラスに手を伸ばした。生意気で子どもじみた回答だったかもしれない。あらためてキーボードを打った。

〈野生の蘭――ごめんなさい。悪気はなかったの。あなたがわたしを助けてくれるかもしれないとパロマに言われて〉

〈調教師――パロマは人を見る目がある。おれに何をしてほしいんだ?〉

アビーはワインをひと口飲んだ。もっとよく考えておけばよかった。わたしはこの人に何をしてほしいのだろう。こういうことではないような気がする。サイバースペースの向こう側にいる、やたら厳しいだけの声のない他人とチャットがしたいわけではない。

〈野生の蘭――よくわからないの。この手のことは初めてだから〉

〈調教師――この手のこと?〉
〈野生の蘭――わかるでしょう?〉
〈調教師――いや、はっきり言ってくれないとわからない〉
彼に軽蔑されているような気がした。きっと彼女のことをばかだと思っているのだろう。アビーは深く息を吸った。
〈野生の蘭――SMよ。そう、ある人と出会ったの。仮にケヴィンと呼ぶわね。わたしたちは互いに刺激を受けた。たくさんの刺激を〉
ジャックはパソコンの画面にコーヒーを噴き出した。ケヴィン? アビーとケヴが……? いや、まさか、そんなはずはない。画面にかかったコーヒーを拭き取り、心を落ちつけてから、返事を打った。
〈調教師――ケヴィン? 変わった名前だな〉
ちくしょう、アビーが言っているのがケヴィン・オマリーのことだったら、やつを殺してやる。
〈野生の蘭――そうね。彼はアイルランド人なの〉
ケヴィンのことにまちがいない。アビーの尻を叩いてやらなければ。ケヴと関係を持つなんて、いったい何を考えているんだ? ジャックは返事を打つ手を止めて、ジャングルにいたときのことを思い出した。アビーとケヴィンが深い関係になれるほどいっしょにいたとは思えないが、彼女がケヴィンの名前を出してきたこと自体が気に入らなかった。ジャックはキーボードを叩いた。

〈調教師――彼のことを話すんだ〉

アビーがどう言うか知りたくてたまらなかった。まるで彼を苦しめるかのように長い沈黙が続き、アビーは返事をするつもりがないのではないかと心配になって、再度文字を打った。

〈調教師――ご主人さまとしもべとの関係で最も大事なルールのひとつは正直であることだ。きみはおれに嘘をついてはならない。自分の都合のいいように話を省略するのもなしだ〉

〈野生の蘭――くそっ、どうしても話さなきゃだめ？〉

〈調教師――おれのほうからきみに要望がある。おれと話すときは汚い言葉を使うな。きみのボキャブラリーから〝くそ〟という言葉を削除しろ〉

ジャックが〝くそ〟という言葉が嫌いなのは本当だったが、それよりも大事なのは、そういう小さなことでもアビーが彼に従えるかどうか、たしかめることだった。

〈調教師――言うことを聞けないようなら話は終わりだ〉

〈野生の蘭――く、じゃなかった。ごめんなさい〉

ジャックはこぶしを突きあげたくなった。よし、いいぞ、アビー。これでもうきみはおれのものになったも同然だ。

〈調教師――いい子だ〉

〈野生の蘭――彼にあることをされたときにわたしの身に起こったことが、相手が彼だったせいなのか、彼にされたことのせいなのか、はっきりさせたいの〉

〈調教師――いったい何をされたんだ？〉

〈野生の蘭――お尻を叩かれたのよ〉

〝野生の蘭さんがタイピング中です〟と画面に出る。

やったぞ！　アビーが絶頂に達したのは知っていたし、彼の手でクライマックスを迎える彼女の姿を何度も夢に見てはいたものの、本人がそれを認めるかどうかはわからなかった。

〈野生の蘭――しかも、それがいやじゃなかったのよ〉

アビーは取材をしようとしているのではなく、真剣に本当の自分を知ろうとしているのかもしれない。

この会話を彼が保存するかもしれないことをアビーは承知しているはずだった。実際、万一アビーが彼に関する記事を載せたいと思ったときにそなえて、ジャックは会話を保存するつもりでいた。いざというときは彼女も道づれだ。さて、どう返そうか。アビーの尻を叩いたのが彼であることに気づかれてはいけない。

〈調教師――それはちゃんとしたものだったのか？〉
〈野生の蘭――ちゃんとしたものって？〉
〈調教師――ＯＴＫでおこなわれたか？〉
〈野生の蘭――ＯＴＫ？〉
本当にＳＭのことを何も知らないらしい。
〈調教師――膝のうえ《オーバー・ザ・ニー》〉
ジャックが好きなやり方だった。そうされるのをいやがる女性もいるが、膝のうえにうつ伏せにさせて尻を叩くという昔ながらの方法ほど、親密さを感じられるものはない。
〈野生の蘭――ええ、そうよ。ＯＴＫ（笑）だった〉
〈調教師――きみがしもべなら、これからもよく聞くことになる言葉だ〉
〈野生の蘭――わたしに服従的な傾向があるのかどうか、自分ではよくわからないの。それを突き止めようとしているのよ〉
〈調教師――自分には服従的な傾向があるかもしれないと、どうして思ったんだ？　そして、そのことに確信が持てないのはなぜだ？〉
ジャックはアビーの答えを待った。彼自身はアビーの服従的な傾向を示す兆候に気づいていたが、本人にどの程度自覚があるのか知りたかった。それに、アビーが正直に話すかどうかかも。

〈野生の蘭――そうね、理由はいくつかあるわ。わたしはきつい仕事に就いているけど、姉のミッフィーに言わせると、横柄で頑固で独立心が強すぎる。これって、しもべっぽくないわよね?〉

〈調教師――いや、そうでもない。最高のしもべは知的で有能で、自分の意見をはっきり言える人間だ〉

〈野生の蘭――まあそうなの? しもべは首輪をつけられて、言われたとおりにするものだとばかり思っていたわ。服従するというのは弱い立場になることじゃないの? 誰かに命令されたり、いばりちらされたりするんでしょう? そんなことに耐えられるとは思えない〉

ジャックは、誰かに命令されたり、いばりちらされたりして猛然と言い返しているアビーの姿を思い浮かべて微笑んだ。だが、彼自身、アビーを服従させたかった。そう思うと、ディックが硬くなった。

〈調教師――他人に踏みつけにされて黙っている人間をそばに置きたがるご主人さまなどいない。あくまでも人と人とのつきあいなんだ。強いご主人さまには強いしもべが必要だ。しもべはご主人さまに服従することを自ら選ぶ。ご主人さまを信頼している証拠であって、弱さではない〉

〈野生の蘭――まあ〉

〈調教師――驚いたか？〉
〈野生の蘭――ええ、とっても。まだ不安だけど、試してみる必要はあると思う〉
アビーが自分の服従的な傾向を自ら追求しようとしている。そう思うと、ジャックのものはいっそう硬くなった。座り心地の悪い木の椅子のうえで、もぞもぞと体を動かす。アパートメントにほかに誰もいなくてよかった。キーボードを打ちながら、あそこを勃たせているところを見られずにすんだ。
〈調教師――尻を叩かれて感じたのか？〉
〈野生の蘭――そんなことはあなたに関係のないこ……〉
〝野生の蘭さんがタイピング中です〟
〈野生の蘭――ええ〉
〈調教師――いい子だ〉
アビーが心から誇らしかった。なかなか認められることではない。
〈調教師――正直になるのは簡単なことではないだろう？〉
〈野生の蘭――そうね〉
〈調教師――嘘の自分を生きて幸せになることはできない。本当の自分と向き合わなければならないんだ〉
〈野生の蘭――どうすればそれができるの？　わたしをあてにしている人が何人もいる

のよ。急に変わるわけにはいかないわ〉
〈調教師――誰がきみをあてにしているんだい？〉
　ジャングルにいるときアビーは婚約者として非の打ちどころがなかったはずのウィリアム・ダラード《まぬけ》のことしか口にしなかったし、マイアミまで彼女を迎えにきたのもあの男だけだった。
〈野生の蘭――家族よ――父と姉のミッフィーと姪っ子たち。わたしは強い人間だから、みんなにあてにされているの〉
〈調教師――きみは何歳なんだ？〉
〈野生の蘭――二十七歳〉
　もっと若く見えるが、落ちついた態度を考えれば納得できる。
〈野生の蘭――それと仕事仲間ね。じつは南アメリカから戻ってきたばかりなの。パロマから聞いてない？　わたしは記者だって。国際情勢などの硬派な記事を書いてるの。外交政策について大統領に話を聞いたりもしてるのよ〉
　アビーが自分は記者だと明かすとは、ジャックは思ってもみなかった。他人にむやみに個人情報を明かすべきではないと、わかっていてもよさそうなものなのに。たとえジャックが彼女の名前を知らなかったとしても、これまでに聞いた情報から正体を突き止められるだろう。罰として尻を叩いてやらなければならない。だが、それはまだ先のことだ。今は……。

〈調教師──記者だって？　じゃあ、これも取材にすぎないのか？〉

〈野生の蘭──ちがうわ。誓ってそんなんじゃない。ほかの誰にも相談できないし、どうすればいいかもわからないし、こんな気持ちのままではいられないから、あなたに話を聞いてもらっているの〉

〈調教師──どうして、今の気持ちのままではいられないんだ？〉

質問が画面からせまってくる。むずかしい質問だ。こんな気持ちにさせられたのはジャックのせい？　それともキットの言うとおりだから？　わたしには服従的な傾向があるのかもしれない。どうして二十七歳になるまで気づかなかったの？

インターネット上で見つけた恐ろしいサイトで目にしたものが脳裏によみがえった。首輪、鞭、ロープ、革製の衣装に身を包んだ人たち。わたしはああいう人たちとはちがう。アビーはワインをごくりと飲んだ。このワインはもう買わないこと、と心にメモする。質問はなおもせまってくる。彼は答えを待っているらしい。

〈野生の蘭──相手がほかの誰かでも、こんな気持ちになるのかどうかわからないから〉

何も起こらなかった。アビーの答えは画面上で彼女をあざ笑っているかのように見えた。彼は彼女の相手をするのは時間のむだだと思ったのかもしれない。すでにパソコンの前を離れたのかもしれなかった。すると画面の下にメッセージが現れた。〝調教師さんがタイピング中です〟

〈調教師――彼のことをどう思っているのか話すんだ〉

返事をもらってこれほどほっとしたのは初めてだった。アビーはテーブルに両肘をついて、両手で顎を支えた。どう言えばいいだろう。本当のことを話すのよ、アビー。本当のことを話せばいいの。

〈野生の蘭――お願いだから笑わないでね。彼のことが頭から離れないの。自分でもばかみたいだとわかっているし、こんなこと、ほかの人には絶対に話せない。わたしらしくないもの。わたしは婚約者のウィリアムと別れさえしたの〉

〈調教師――どうして別れたんだ?〉

〈野生の蘭――ケヴィンと寝たから〉

おっと。画面にそう打ち出されてみると、とんでもないことのように思えた。まるで彼女が手当たりしだいに男と寝るふしだらな女みたいだ。よけいな誤解を招かないようにはっきり書いたほうがいいだろう。続けて打とうとすると返事が来た。

〈調教師――ウィリアムと婚約中に?〉

アビーは猛然とキーボードを叩いた。

〈野生の蘭――そう。でも、彼と寝たといっても、ただいっしょに寝ただけで――その、わかるでしょう?〉
〈調教師――セックスはしなかったと言っているのか?〉
〈野生の蘭――ええ。でも、したかった〉
〈調教師――ケヴィンについて教えてくれ〉
〈野生の蘭――あまり話せないの。彼は有名人だし、信頼を裏切りたくないから。とにかく、ふつうなら好きにはならないタイプよ。とてもいやな男。それなのに、わたしは彼が好きになった。彼に守られている気がしたし、頼れる人がいることに慣れていなかったから。おかしいかしら?〉
〈調教師――いや。まさに、ご主人さまとしもべの関係だ。楽しかったか?〉
〈野生の蘭――まあね。最初はそうでもなかったけど――彼はずいぶん横柄だったから。なんでも自分の思いどおりにしようとして〉
〈調教師――いいご主人さまというのはそういうものだ〉
〈野生の蘭――ご主人さまとしもべの関係なんかじゃなかったわ〉
〈調教師――彼はきみの面倒を見て、危険から守り、その必要があれば尻を叩いた。おれにはご主人さまとしもべの関係そのものに見える〉
ご主人さまとしもべの関係。アビーは画面に表示されたその言葉を見つめた。わたしと彼はそんな関係じゃない。おそらく今ジャックはどこかで売り出し中のきれいな若手女優といっしょにいるだろう。一方わたしはここでこうして他人とチャットして、自分を納得させようとしている。

〈野生の蘭――そういうことじゃないの。彼はもうわたしの人生には関係ないと言いたかったのよ〉

〈調教師――どうして関係ないんだ？〉

〈野生の蘭――彼はハリウッドの人間で、わたしはニューヨークの人間だもの。彼はわたしと何かの関係を持とうとしたわけじゃない。あれは一度きりのこと。きっと今ごろはわたしのことなんてきれいさっぱり忘れているわ〉

〝調教師さんがタイピング中です〟

〈調教師――じゃあウィリアムについて話すんだ〉

〈野生の蘭――ウィリアムとは、彼とわたしが四歳のときに出会ったの。母親同士がブリッジ仲間だったのよ。わたしは姉とくらべたらおとなしい子どもだったけど、そんなことは問題じゃなかったみたい。ウィリアムとわたしはいつもいっしょだったわ。高校の卒業パーティーでも大学に入ってからも、社交行事はつねに彼といっしょだった。彼と婚約したときはそれが正しいことのように思えた。両方の家族もそれを望んでいたの〉

〈調教師——彼とのセックスはよかったかい？〉

は？　なんということを訊いてくるのだろう。そんなこと、キットにだって訊かれたことはないのに。アビーはソファの背に体をあずけた。一分がたった。彼にはこんな質問をする権利はない。はっきり言ってやろう。

〈野生の蘭——そんなこと訊くもんじゃないわ〉

〈調教師——大事なことだ〉

〈野生の蘭——セックスがすべてじゃないのよ。セックスをしなくても、人はいい関係を築ける〉

〈調教師——たしかにそうだ。でも、その人と結婚して、子どもをもうけ、毎晩いっしょに寝るつもりなら、そうはいかない。さあ、ウィリアムとのセックスはどうだったか教えるんだ〉

〈野生の蘭——まったくあなたって人は……なんて言ったらいいのかしら〉

〈調教師——笑〉

〈野生の蘭——気づいてた？　わたしたちが知り合ってから、まだ五十六分しかたっていないのよ〉

〈調教師——だから？〉

だから？　アビーはいらいらしてきた。彼はジャックと同じぐらい頭にくる男だ。返事をするのはやめにした。

〝調教師さんがタイピング中です〟

〈調教師――六十分たてば状況が変わるのか？　ウィリアムとのセックスについて話すんだ〉

〈野生の蘭――たいして話すことはないわ。していなかったというわけじゃないのよ。もちろん、していたわ。でも、ふたりの関係においてそれが最も大事なものではなかった。ウィリアムはやさしくていい人よ。セックスに夢中になるべきではないというのが彼の考えなの〉

〈調教師――きみは横柄で頑固で独立心が強すぎるんだろう？　やさしくていい人のウィリアムには、きみのような女は合わないんじゃないか？〉

アビーは唇を噛んだ。ずいぶんな言われようだ。たしかに自分は横柄で頑固で独立心が強すぎるかもしれないが、ウィリアムに命令したり、いばりちらしたりしていたわけではない。まあ、そういうときも、ときにはあったかもしれないけれど。アビーの指がキーボードのうえをせわしなく動いた。

〈野生の蘭――ひどいことを言うのね〉

〈調教師――いい人ぶっていてもしかたがない。こうしているのは、真実を見つけるためなんだから。きみは野生の蘭なんだろう？〉

〈野生の蘭――ええ、そうよ。というか、野生の蘭はわたしの一部なの。わたしがホンジュラスに残してきた一部。今日はもう終わりにするわ〉
〈調教師――おやすみ。明日の夜十時にまたここで会おう。遅れるなよ〉
〈野生の蘭――わかったわ〉
〈調教師――いい子だ〉

〝いい子〟だと言われて、アビーはひと言文句を言ってやりたくなった。本当にジャックと同じぐらい憎たらしい男だ。けれども、もう遅く、彼はすでにログアウトしていた。アビーは最後のほうの会話を読み返した。どうして赤の他人に心を開いて、ふつうなら誰にも話さないようなことを話してしまったのだろう。これがインターネットの怖さというものだろうか。相手が近くにいないという安心感からかもしれない。アビーは彼がどこにいるのか知らないし、彼と実際に会うこともないのだ。

13

アビーがコーヒーショップに足を踏み入れると同時に携帯電話が鳴った。ハンドバッグのなかに手を入れて携帯電話を取り出したが、鳴っているのはそれではなかった。もう一台を取り出して、画面を見る。またベッツィからだ。バッテリーをはずして、ハイヒールのとがった踵《かかと》で踏みつぶしたくなった。ジョッシュ・マーティンはどんなに機嫌が悪いときでも、ライフスタイル部の女王の半分もあれこれ要求してこなかった。アビーは留守番電話に応対させた。ベッツィの服のサイズが0なのも無理はない。ランチ休憩をとったことがないのだから。

キットがいつもの席から手を振ってきた。アビーはテーブルをはさんで向かい合う席にすとんと腰をおろした。「ジャングルのほうがよっぽど生きるのが楽だったわ。もう注文した？」

「ええ、ベジタリアンスペシャルをふたり分」

アビーは顔をしかめた。キットは健康食おたくなのだ。

「それで？」キットはふたつのグラスにカラフェの水を注いだ。「サイバースペースのほうはどう？　パロマの友だちとかいう人と話したの？」

ウエイターが色あざやかなサラダがのった皿をふたつ手にして現れたので、アビーはほっとした。その話をしたいのかどうか、自分でもよくわからなかった。

「黙ってないでなんとか言いなさいよ。また話をはぐらかそうとしてるわけ？」

「そんなことないわ。ただ――そのつまり――頭のなかを整理してたのよ」

「それで？」

アビーはナイフとフォークを皿のうえに置いた。「話さなくちゃだめ？」

キットは首をかしげて微笑んだ。「だめよ。どうなってるのか教えて」

アビーはとうふをフォークで刺した。「彼と話したわ」

「どういう人だったの？」

アビーは身を乗り出した。「〝調教師〟って名乗ってる」

キットは騒々しい笑い声をあげた。「ごめん、悪気はなかったの。でも、あなたがお尻を叩かれたことを思い出して――」

アビーは首からうえがかっと熱くなるのを感じた。「椅子のうえに立って、店じゅうの人に聞こえるように言ったら？　そんな声じゃ、レジの女の子に聞こえないわよ」

「怒らないでよ、アビー。ただの軽口じゃない。さあ、その人のことを話して」

アビーは皿のうえのサラダをもてあそんだ。「彼は容赦なかった。わたしは本当のことを話すしかなかったわ。汚い言葉を使うのを禁じられて、ウィリアムとのセックスについて話すよう言われたの」

「それだけ?」

「どういう意味? あなたにも話してないようなことを話せと言われたのよ」

「サイバースペースのほうが話しやすいのかもね。話せる相手ができてよかったわ」

午後はベッツィやライフスタイル部の同僚たちとの会議があって、そのあいだは忘れていられたが、夕方近くなると、また頭のなかにさまざまな考えが渦巻きはじめた。アビーはコートを着てオフィスをあとにした。今にも雨が降りそうだったが、歩いて帰ることにした。いい気分転換になると思ったのだ。話せる相手ができてよかったとキットには言われたが、本当にそうなのだろうか。調教師はまるで破城槌《はじようつい》のようにアビーの心の壁を打ち破った。他人に心のなかをのぞかれたいと思っているのかどうか、自分でもわからなかった。近所のデリに寄って、夕食のカルツォーネを買い、テレビを観ながら食べて、ログインするまでの時間をつぶした。
〈野生の蘭――こんばんは〉
彼はすぐに返事をよこした。
〈調教師――調子はどうだい?〉

〈野生の蘭――いいわよ。仕事は忙しかったけど。異動になったばかりだから、いろいろ覚えることがあって〉
〈調教師――ゆうべおれと話してみてどう思った？〉
だめだったか。新しい仕事に就いたことを知らせ、それについて説明することで相手の気をそらそうとする、そう新しくもない手は、彼には通用しなかった。話題はまたもやアビーがどう思っているかということに戻った。
〈野生の蘭――とまどったわ。あなたにあそこまで話してしまうなんて、とても信じられなかった。昼間、冷水器の前で、何度か頭を抱えたくなったわ〉
〈調教師――でも、きみは今夜こうしてまた戻ってきた。どうして頭を抱えたくなったんだい？〉
何から話せばいいだろう。こんなふうに彼と話すことで、話したいことがたくさん出てきたような気がした。ウィリアム、結婚式、家族。とはいうものの、ふたたび拷問にかけられる覚悟ができているのかどうか、自分でもわからなかった。
〈野生の蘭――いつもなら、自分の気持ちを誰かに話したりしないの。よく知っている人にも。親友のキットは別だけど。その場合も、たいていはアルコールを飲んだうえでのことよ（笑）〉
〈調教師――今も飲んでいるのか？〉

そのことで非難されるはずはないと思った。なにも毎晩、夜中の二時まで飲み歩いているわけではないのだから。
〈野生の蘭――ええ。白ワインをグラスに一杯だけ。勇気を奮い起こすためにね〉
アビーは挑むような気持ちでワインをひと口飲んでから、またキーボードを叩いた。
〈野生の蘭――あなたは怖いから〉
〈調教師――おれが怖いのか?〉
〈野生の蘭――ええ。とても怖いわ〉
〈調教師――どうして?〉
アビーはパソコンの画面をじっと見つめた。どうして怖いのだろう。誰かと話すのがこんなにもむずかしいなんて。彼女に興味を失ったら、彼はここに来てくれなくなる。
〝調教師さんがタイピング中です〟
〈調教師――ゆうべおれと話してみてどう思ったか話すんだ〉
〈野生の蘭――そうね、まずウィリアムのことを考えたわ。彼は何も悪くない。わたしは彼となりゆきで婚約して、彼の人生を台なしにしてしまった〉
〈調教師――どうしてそう思うんだい?〉
〈野生の蘭――彼のお母さまはすばらしい結婚式の手筈を整えてくださったのよ。それも二度も〉

文字にしてみると、自分がとてもひどいことをしたように思えた。そうしてくれるようアビーが頼んだわけではなかったけれど。ドローレス・ディラードが自ら式の手配を買って出て、ウィリアムが喜んで母親に任せたのだ。一回目のときは、アビーが北アフリカに取材に行って当初の予定どおりに帰れなくなり、デザイナーのヴェラ・ウォン立ち会いのもとでおこなわれる予定だったウェディング・ドレスの試着に行けなくなった。何カ月も前に予約したことで、これが未来の嫁姑の関係にひびを入れるきっかけとなった。アビーがウィリアムと婚約してもなお仕事を続けていることに、ずっとドローレスは腹を立てていたのだ。

〈野生の蘭——とにかく、悪いのはわたしなの〉

〈調教師——彼と別れたことが悪いというのか？　彼はベッドできみを満足させていなかったんだろう？〉

まったく、この人はどうかしている。セックス、セックス、セックス。ほかのことは考えられないのだろうか。キットよりたちが悪い。わたしが興味を持っているホンジュラスの麻薬組織について話すためにチャットをしているのでないことはわかっているが、わたしのセックスライフのことばかり話さなくてもいいのではないだろうか。アビーは彼の気をそらそうとした。

〈野生の蘭——またセックスの話？（笑）　あなたはセックスに取りつかれているって

誰かに言われたことない？〉
〈調教師――よく言われる。おれがいいご主人さまなのは、そのせいでもあるんだ。ウィリアムとのセックスはどうだったか話してくれ〉
〈野生の蘭――その話がしたいのかどうかわからないの〉
正確には、そのことは考えたくもない、だ。どうしてウィリアムのことばかり訊いてくるのだろう。ウィリアムはアビーの初めての恋人ではない。春休みに訪れたメキシコで、朝までいっしょにいた男がいる。大学卒業後、世界を旅してまわっているスウェーデン人だったということぐらいしか覚えていないけれど。実際にセックスをしたわけでもなかった。モヒートを飲みすぎたのだ。調教師は、この話を聞きたがるかもしれない。
〈野生の蘭――ウィリアムはわたしの初めての恋人ではないわ〉
〈調教師――きみは話をはぐらかそうとしている。きみがそう出るなら、ここで終わりだ。ほかの誰かをさがしてくれ〉
そんなばかな。こんなふうに放り出されるわけにはいかない。アビーはあわててキーボードを叩いた。
〈野生の蘭――そんなのだめよ。わかったわ。ウィリアムとは大学を卒業してから婚約したの。いっしょにナミビアに行って、象の保護活動に参加することになっていて。うちの父は少し考えが古くてね。父に〝きみと出会ったときのままの状態で娘を返せ〟と

言われたときのウィリアムの顔を見せたかったわ。だからわたしたちは婚約したの〉
〈調教師――それで、したのか？〉
〈野生の蘭――したって何を？　ああ、ごめんなさい、あれのことよね……立ち寄ったパリでしたわ。パリには行ったことある？　場所はウィリアムが見つけた小さなホテルだった。窓からエッフェル塔がよく見えて。ロマンティックよね〉
〈調教師――どういういきさつでそうなったんだ？〉
〈野生の蘭――わたしたちはディナーに行ったの。エッフェル塔の第二展望台にあるル・ジュール・ヴェルヌにね。ディナーのあと、少し散歩してからホテルに帰って、そうなったの。すてきだったわ〉
〈調教師――すてきだった？〉
これ以上、何を聞きたいっていうの？　詳しい体位とか？　初めてのときのことは今話したじゃない。セックスについてご主人さまでも知らないようなことなど、自分に話せるはずがない。
〈野生の蘭――すてきだったわ〉
〈調教師――いったのか？〉
〈野生の蘭――そんなことを訊くなんて信じられない〉
アビーはパソコンの画面にクッションを投げつけたくなった。答えなかったら、どうせまた威丈高になって、ここでやめると言うのだろう。彼に自分を知るための手伝いを頼みはしたが、心のなかに土足で入っていいとは言っていない。この男はセラピストよりたちが悪い。

〈野生の蘭――いいえ。いかなかったわ。でも、誰もがあなたみたいにセックスに取りつかれているわけじゃないのよ。いこうがいくまいが、わたしにはどうでもよかった。大事なのは、わたしとウィリアムがいっしょに大きな冒険を始めたということ。つねに花火が打ちあがるわけではないのよ〉

〝調教師さんがタイピング中です〟

〈調教師――そうなのか？　もっと話してくれ〉

のどがしめつけられるような感じがした。いかなかったからなんだっていうの。マーシャル＆ディラードの寝室で『カーマスートラ』に書かれているようなことがおこなわれていなかったとしたら、どうだっていうの。誰もがセックスのたびに絶頂に達しているわけではない。アビーの友人の多くはそもそもセックスすらしていなかった。調教師は彼女を怒らせようとしているだけなのだ。どこまでなら言うことを聞かせられるか試しているにすぎない。まったくジャックそっくりだ。

〈野生の蘭――もうたくさん〉

アビーはノートパソコンをぱたんと閉じて、ふんと鼻を鳴らした。こんなことをしたのはまちがいだった。とんでもないまちがいだった。携帯電話に手を伸ばしたが、もう夜も遅い時間であることに気づいた。こんな時間にキットには電話できない。電源コードに目をやる。調教師がすぐそばにいたらよかったのに。ふいにジャックのことを思い出した。ハンモックのうえで彼女を守ろうとするかのように体にまわされていた彼の腕や、手の感触を。

「くそっ」アビーは手で髪をかきあげた。このままではいられない。頭のなかからジャックを追い出す方法が何かあるはずだ。くやしいけれど、調教師と話さなければならなかった。

ちくしょう、ちくしょう、ちくしょう。ちょっとやりすぎてしまったのだろうか。アビーはログアウトしてしまった。この先、戻ってくるかどうかもわからない。

ジャックはどうにもじっとしていられず、椅子から体を押しあげるようにして立って、アパートメントのなかを歩きまわった。床に何か蹴り飛ばせるものが落ちていればいいのにと思った。アビーとの会話を思い返す。あのひょろひょろした男に嫉妬したせいでやりすぎてしまい、彼女を怒らせてしまったのだろうか。

ジャックは首を横に振った。いや、アビーが急に会話をやめたのは、彼に腹が立ったせいばかりではなさそうだ。それまでは彼の質問にすなおに答えていたのに、話が、いい人で、婚約者として申し分のなかったはずのウィリアムのことになると、とたんにいらつきはじめた。ウィリアムとのセックスには、アビーをいらだたせる何かがあったにちがいない。

自分に洞窟で尻を叩かれたときのことをもっと聞きたかった。アビーがどう感じたのか聞きたくてたまらず、いずれは話させるつもりだったが、まずはウィリアムのことを片づけなければならない。彼との関係において、アビーが何にいらだちを感じていたのか、はっきりさせなければならなかった。

グラスにウイスキーを注ぎ、氷を入れて、パソコンの前に戻った。アビーはログアウトしたままだったので、しかたなく二通のメールに返信した。自分のツイッターのアカウントをチェックしてもみた。わお。フォロワーが二百万人を超え、なおも増えつづけている。ジャックはすばやくツイートした。〝美しきキム・カーデルとの夜のデートを終えて宿泊先に戻ってきたところ。今夜はパパラッチに見つからなくてすんだようだ〟

これでジークも文句ないだろう。

チャットルームのアイコンが点滅した。やった。アビーだ。

〈野生の蘭――まだいる？〉

ジャックはすぐには返事をしなかった。少しは懲らしめてやらないと。

〈調教師――ああ〉

〈野生の蘭——ごめんなさい。ちょっと頭にきちゃって〉
〈調教師——もう落ちついたのか?〉
〈野生の蘭——ええ。自分の気持ちを話すことに慣れていないだけだから〉
〈調教師——話す相手がひとりいるとか言っていなかったか?〉
〈野生の蘭——ええ、キットよ。でも、いつもというわけじゃないの。わたしは出張が多いから。少なくとも、今の部署に移る前はそうだったわ〉
〈調教師——どこに移ったんだ?〉
〈野生の蘭——ライフスタイル部——最悪でしょ。それもこれも、わたしがケヴィンと寝ていると思われているせいなの〉
〈調教師——不満なのか?〉
〈野生の蘭——当然でしょ。一日じゅう服や髪型のことばかり考えている女たちと働くのがどういうことかわかる?〉
　ジャックは笑いすぎてウイスキーにむせそうになった。賭けてもいい。服や髪型のことばかり考えていることにおいてキム・カーデルの右に出る者は、アビーの同僚にもいないはずだ。
〈調教師——わかる気がするよ〉
　ジャックは微笑んだ。

〈野生の蘭――いいえ、わかるはずないわ。オフィスではハイヒールを履かなくちゃいけないの。摩天楼のうえに立っている気分になるほど高いヒールのものをね。それにスカート！　わたしはスカートを穿くタイプの女じゃないのに。わたしの身にもなってみてよ〉

ハイヒールにスカートという恰好のアビーを思い浮かべると、ジャックの下半身に予想どおりの反応が起こった。ジャックはウイスキーを飲み、脳裏に浮かぶアビーの姿を少しのあいだ楽しんでから、両手をキーボードに戻した。

〈調教師――おれはスカートが好きだ。おれのしもべにはスカートを穿いてもらいたい。それはそうと、ご主人さまに、わたしの身にもなってみて、なんて言うのは危険だぞ〉

〈野生の蘭――あら〉

〈調教師――尻を叩かれにくるときは、スカートを穿いていてもらいたい〉

〈野生の蘭――わたしが？　あなたのところに行くというの？　でも、わたしはあなたをろくに知りもしないのよ〉

〈調教師――でも、おれたちはこうして徐々にお互いのことを知りはじめている。そうだろう？〉

〈野生の蘭――まあそうね。次はどうするの？〉

〈調教師――きみに決めてもらわなければならない。おれのしもべになるかどうか。も

っとも、しばらくのあいだはオンライン上のみの関係だ。その先に進む心の準備がきみにできるまではね〉

　ジャックは固唾をのんでアビーの返事を待った。

〝野生の蘭さんがタイピング中です〟

〈野生の蘭――なるわ〉

　その瞬間、ジャックは絶頂に達しそうになった。ふたたびキーボードを打つには、かなりの意志の力が必要だった。

〈調教師――いい子だ〉

　その言葉がアビーの胸にしみ入るだけの間を置いて続ける。

〈調教師――おれからきみにいくつか要望がある。まず、どんなときでもおれに対して正直であること。嘘はだめだ。故意に嘘をつくのも、自分に都合のいいように話を省略するのもなし〉

　アビーは反対できないはずだ。もっとも、アビーが相手では、そのことに金を賭ける気にはなれないが。

〈調教師――事前に変更がないかぎり、毎晩十時にこうしておれとチャットすること。質問には率直に答える。悪態をつくのはなし。何か問題はあるか？〉

〈野生の蘭――いいえ〉

〈調教師――いいえ、ご主人さま、だ〉

〈野生の蘭――いいえ〉

〝野生の蘭さんがタイピング中です〟

〈野生の蘭――ご主人さま〉

ジャックは声をあげて笑った。これからが楽しみだった。

14

アビーがデンマークのファッションデザイナーの台頭に関する記事を送りおえたところに電話がかかってきた。アビーは携帯電話に手を伸ばした。ジャックからだろうか。そんなことを思うのはばかげているが、今ではどんなことでも彼に結びつけてしまう。ミッフィーの名前が画面に表示されているのを見て無視しようかとも思ったが、どうせいつかは話さなければならないのなら先延ばしにしてもしかたがないと思いなおした。

「もしもし、姉さん？　お父さんは元気？」

「ええ、元気よ。この週末はＪＪとロビンをあずかってくれてるの。だから、ふたりでランチでもどうかと思って」

アビーは時計に目をやった。もうすぐ十二時になる。ランチに誘うのは、ミッフィーお得意の奇襲攻撃だ。アビーは覚悟を決めた。「いいわ。どこに行けばいい？」

「バーグドルフ・グッドマンに決まってるでしょ。あなたとはずいぶん会っていない気がするわ。誰にも気がねしないでおしゃべりできるテーブルを予約してあるから」

これから待ち受けていることが容易に想像できた。ミッフィーのお気に入りは、セントラルパークを一望できる窓際のテーブルだ。気楽なランチというより取り調べを受けることになりそうだった。アビーがウィリアムと別れたことについて、姉とはまだ話し合っていない。ミッフィーには自分に言いたいことが山ほどあるだろうとアビーにはわかっていた。

ミッフィー――ミリセントはアビーより四歳年上だが、四十歳も年上のようにふるまっている。アビーにとって何がいちばんいいのか、自分にはよくわかっていると思っているのだ。昔からいばっていたが、母親が亡くなってから、いっそう保護者づらをするようになった。そうすることで母親の死に対処しているのだろう。アビーは姉に何を言われても、たいていの場合は気にしないようにしているが――少なくとも自分では気にしていないつもりだった――ウィリアムとのあいだに起こったことを姉が納得できるように説明しなければならないと思うと、憂うつな気分になった。とはいえ、いつまでも先延ばしにするわけにはいかなかった。

「わかったわ。でも、わたしは今日も仕事だってことを忘れないで。長居はできないわよ」ミッフィーは勤務時間というものがあるのを決して理解しようとしない。

「よかったわ」ミッフィーはアビーの言葉をろくに聞きもせずに言った。「じゃあ、一時十五分に」

アビーが七階のリビング用品売り場を足早に突っ切って、混雑したレストランに入ったときには一時二十分を過ぎていた。店内は街の外から来た人々でいっぱいだった。少なくとも静かではない。あたりのざわめきが、ミッフィーの口から休みなく出てくる非難の言葉をかき消してくれるだろう。

「アビー」ミッフィーが立ちあがって、アビーの左右の頬の横でキスの音を立てた。「会えてうれしいわ。ヴーヴ・クリコをグラスで頼んでおいたから。早く座って。きっとあなたは何もかもかわいそうなウィリアムのせいだと言うんでしょうね」

かわいそうなウィリアムですって？　帰りたくなったアビーが踵《きびす》を返そうとしたちょうどそのとき、背後にウエイターが現れて、椅子をうしろに引いた。アビーは顔をしかめて椅子に座り、テーブルとのあいだにはさまれた。これで逃げられなくなった。

ミッフィーは古くからの友人でもあるかのようにウエイターに微笑みかけた。「ロブスター入りマカロニ＆チーズとハーベスト・サラダをふたり分お願い」

席につく前にトイレに行きたいかどうか、どうして訊いてくれないのだろう。別のウエイターがシャンパンのグラスを手に現れた。アビーは気持ちを落ちつけようとした。

とにかくこの場を切り抜けるしかない。

ミッフィーはシャンパンをひと口飲んで、グラスをテーブルに置くと、両手の指を組み合わせ、そのうえに顎をのせた。「アビー、何もかも話してちょうだい。今でも信じられないの。あなたはウィリアムを失って、さぞかしがっくりきているんでしょうね」

アビーは水を飲んで言った。「わたしなら平気よ」

「平気ですって？」ミッフィーはショックを受けたような声で言った。「よくそんなことが言えるわね。あなたたちは小学二年生のときから婚約していたようなものなのに」

「それが問題だったのかも」

「でも、ウィリアムは今でもあなたのことが好きみたいだし、彼のお母さまはそれはもうショックを受けていらっしゃるわ。木曜日にブリッジをごいっしょしたけど、カードを持つのもやっとというごようすだったわよ」

アビーは自分が悪く言われたにちがいないブリッジの夕べのことを思い浮かべて、シャンパンにむせそうになった。今のこの瞬間も、本心を隠してドローレスに同情するふりをしながらランチを食べている知り合いの女性がいるのではないかと思った。

「こうするのがいちばんよかったのよ、姉さん。嘘じゃないわ」

ミッフィーは椅子の背にもたれた。「あの男のせいなんでしょう？　ジャック・ウィンターの。こうなったのは彼のせいなのよね。彼は魅力的だわ。それは認める。でも、彼はわたしたちのような人間とはちがうのよ」

わたしたちのような人間とはちがう。いかにもミッフィーが言いそうなことだ。アビーはぞっとした。〝わたしたちのような人間〟とは、いったいどういう人間なのだろう。キットの言うとおり、自分は家族の支配下に置かれているのだろうか。ミッフィーは妹のことを心配しているのではなく、自分の家族にふさわしくないと定めたことを妹がしないかどうかを案じているのだ。

ジャックは横柄で高圧的だが、いっしょに過ごした短いあいだ、つねにアビーのことを考えていてくれたように思えた。キットも含めて、あんなにも真剣に彼女の言葉に耳を傾けてくれた人は今までいなかったような気がする。ジャックとミッフィーが顔を合わせたらどうなるだろう。アビーは自然と笑みが浮かびそうになるのをこらえた。まさにエイリアン対プレデターだ。

「ジャックとはあれ以来会ってないわ」アビーは言った。

ミッフィーはなぜかがっかりしたような顔をした。「でも、彼はこっちにいるんでしょう？　このニューヨークに。『ニューヨーク・ポスト』の一面に写真が出ていたわ」

ウエイターが料理を持って現れ、ふたりのグラスにシャンパンのお代わりを注いだ。

アビーは料理にフォークを入れ、この場から消えてなくなりたいと思いながら言った。

「さあ、わたしにはわからないわ」

「じゃあ、あなたと彼は……そのつまり……」ミッフィーはアビーをじっと見つめたが、顔の筋肉はまったく動かなかった。

アビーはため息をついた。姉はまたボトックスを打ったにちがいない。顔に注入されたもののせいで、顔をしかめることもできないのだ。

「ええ、ジャック・ウインターとは寝ていないわ」

近くのテーブルから、フォークが床に落ちる音がした。

「そんなふうにあけすけに言わなくてもいいじゃない」

ミッフィーは皿のうえの料理をもてあそんだ。アビーは姉を引っぱたきたくなった。また食事制限をしているのだろうか。服のサイズは2なのに。ウエイターがミッフィーがほとんど口をつけてない料理を下げて、サラダを運んできた。

「ねえ、あなたが人のアドバイスに耳を貸そうとしないのはわかっているわ。そうでなければ、とっくに記者をやめているだろうし、世界じゅうを飛びまわった結果、くだらないゴシップ紙にネタを提供することもなかったでしょうから」

ミッフィーは皿のうえの野菜を吟味した。「ウィリアムのもとにお戻りなさい。あなたが謝れば、きっと許してもらえるわ。冬に、どこか静かなところで式を挙げればいい。でもぐずぐずしてちゃだめよ。ウィリアムがほかの誰かと出会ってしまうかもしれないから」

サラダがのどにつまりそうになった。屈辱もいいところだ。姉から恋愛に関するアドバイスをされるなんて。

「これからは年を取るばかりなのよ」ミッフィーは小さな容器に入ったドレッシングにフォークを浸してから、ていねいに盛られた葉をつつきはじめた。

「偶然会ったように装いたいなら、ウィリアムは来週末から始まるゴッホ展の初日に来ることになっているから。あなたのためにチケットを押さえておいたわ。いい口実でしょ。ああした展覧会を開くのにどれだけの費用がかかるか、あなたにはわからないでしょうね」

またチケットだ。そのチケットがいくらなのか、アビーは考えたくもなかった。美術館以外に、ミッフィーがかかわっているオペラやそのほかのチャリティイベントのチケットを買わされることもある。どうしてミッフィーはいつもアビーがチケットを買うものと思っているのだろう。

それはあなたがいつも言われるままに買うからよ。ばかね。

「来週末はまだ予定が立たない……」

「ねえ、アビー、あなたによかれと思って言っているのよ。あの男とかかわったせいで、幸せになる唯一のチャンスを逃しちゃだめ」

ミッフィーは言いたいことを言ってしまうと、椅子の背に体をあずけた。「コーヒーを飲んだら、ちょっとお買いものをしましょう。ミュウミュウにすてきな靴があったのよ。あなたにぴったりだと思うわ」

15

ホンジュラス友好協会主催のパーティーはジャック・ウインターが出席するたぐいのものとは思えなかったので、会場にいたアビーは、彼が車から降り、レッドカーペットに足を踏み出すのを見て驚いた。

万一ジャックが現れたときには、ほかの誰よりもインタビューに応じてもらえそうだからとベッツィに来させられたのだが、本当に彼が現れるとは思ってもみなかった。ジャックを見た瞬間、その姿に見とれずにはいられなかった。タキシードを着た彼は、うっとりするほどすてきだ。アビーは、とても現実の人間とは思えないほど美しい顔に危険な雰囲気を与えている鋭い頬骨に見とれ、オーダーメイドのタキシードの下の体を想像した。最後に、彼女の視線はジャックの目に行きついた。はっとするほどあざやかな青い目。ジャングルでジャックがあれとまったく同じ目をしていたのを見ていなければ、カラーコンタクトをしているのだろうと思うところだ。

豊かな髪は短くなり、きれいにセットされているが、飼いならされた感じはいっさいない。アビーは身震いした。ジャックを見ると、ジャングルで身の危険を感じるほど近くまで来たジャガーを思い出す。どちらも美しく、とてつもなく危険だ。

でも、アビー、あなたはそんな彼を破滅させられるのよ。そう自分に言い聞かせる。アビーがジャック・ウインターの性癖をあばく記事を書けば、サインを求めて彼を追いまわすファンはいなくなるだろう。彼は女を洞窟に引きずりこんでヒップを叩く男だと広く知られてしまうのだから。

けれども、身をかがめて年老いた女性に話しかけているジャックを見ていても、以前のように怒りはわいてこなかった。自分が彼に何を望んでいるのかわからなくなった。どこかに引きずりこんで、もう一度同じことをしてほしいと、心のどこかで思っている。それもこれも調教師にあれこれ質問されたからだ。すべては彼女をこんなふうに欲情させた調教師のせいだった。

ジャックは建物に向かって歩きはじめたが、階段に立つアビーを見て足を止めた。一瞬、大きく目を見開いてから、彼女のほうに向かってふたたび歩きだした。美しく力強い目でひたと見据えられ、アビーは心臓が止まりそうになるのを感じた。ひるみそうになるのを必死にこらえ、その場に立ちつづけた。ジャックは彼女をおどしてはこないだろう。少なくとも今この場では。きれいに装った彼女を彼が見るのはこれが初めてなのだから。ハイヒールもタイトスカートもあまり好きではないが、よく似合っているような気がするし、赤いシルクのブラウスは印象的なうえに着心地もいい。

目もとを強調したスモーキーメイクに合うよう髪も整えてきた。

ジャックの表情を見るかぎり、服装やメイクはねらったとおりの効果をもたらしているようだったが、アビーの前に来ると、彼はいやに礼儀正しい口調で言った。「マーシャルさん。またお目にかかれてうれしいです。いったいここで何をしているんです？まだ例のタボラの件を追っているものだとばかり思っていましたよ」

アビーは顔をしかめたものの、彼女が追っている事件を彼が覚えていてくれたことをうれしく思った。「好きで来ているんじゃありません。あなたにインタビューしてくるよう部長に命じられたんです」アビーはＩＣレコーダーを握りしめた。ジャックがホテルの部屋まで返しにきたレコーダーだ。

ジャックはお辞儀をした。「ご要望にはいつでもお応えしますが——」

アビーははっと息をのんだ。安全だと思ったとたん、こんなふうに意味ありげなことを言ってくるなんて。

「今夜はいっさいインタビューを受けないことにしているんです。でも、タボラの件を追うのに役立つ人間と知り合いになれるかもしれませんよ」

アビーはジャックに背を向けて、彼の視線を感じながら階段をのぼり、報道陣の列に加わった。

スピーチは思ったより長く続いた。ホンジュラスに関係のある政治家たちが、ジャック目当てに集まった大勢の報道陣を前にして、ここぞとばかりに話しているように見えた。アビーはスピーチを録音し、メモもとった。大半はたいして意味もないことのように思えたが、より詳しく話を聞いてみたいと思ったことも少しはあった。

夜が更けるにつれて、アビーは落ちつかなくなってきた。この分では午後十時までに帰れそうにない。約束の時間にノートパソコンの前にいたいという気持ちと、ジャックがまだいるのに会場をあとにしたくないという思いがせめぎ合った。彼に腹が立っているときでさえ、惹きつけられてしまう。このまま別れるのはいやだった。

しっかりして、アビー。彼に執着するなんてどうかしているわ。そう自分でもわかっていたが、ジャックと同じ部屋にいるのに気にするなというほうが無理だった。アビーは気づくと彼を目で追っていた。するとジャックが彼女と同じように時計を頻繁に見ているいることに気づいた。このあと誰かとデートの約束でもしているにちがいない。そう思うと、思いのほかつらい気持ちになった。

ようやくジャックがスピーチをする番になった。彼は立ちあがり、聴衆を見て話しはじめた。アビーははっと背筋を伸ばした。あまりにも急に伸ばしたので、背中のどこかを痛めたような気がした。ジャングルでのジャックは堂々としていて、池でのジャックはやさしく、洞窟でのジャックは怖くて、ホテルの部屋でのジャックはセクシーだった。けれども、目の前にいる彼は、それらのときとはまたちがった。

聴衆を前にしたジャックはぞくぞくするほどすてきだった。彼のスピーチは短く、その内容は彼がホンジュラスで会った人々に関することと、それらの人々が支援を必要としている理由に終始していた。だが、ジャックが話すのを見ていると、アビーのうなじの毛が逆立った。

アビーは欲情していた。ジャックにふれてもいないのに、百人もの人がいる場で興奮してしまったのだ。ケヴィン・オマリーがどこからともなく現れて、彼女の隣の椅子に腰をおろしていなかったら、どうなっていたかわからない。「ごめん、遅くなって。きみがいい席を取っておいてくれてよかったよ」アビーはケヴィンの軽口で性的な緊張感から解放されたことにほっとして、笑い声をあげた。

ジャックが壇上から冷ややかな目を向けてきた。どうやら気を悪くしたらしい。彼はそそくさと話を終えた。アビーは腕時計に目をやった。十時五分。調教師はいらだちはじめているのではないだろうか。隣には人好きのするアイルランド人男性がいて彼女に名刺を渡そうとしていて、壇上からは別の男が彼女をにらみつけている。アビーはふいに自分の人生にかかわる男が多くなったような気がした。

そのあとジャックの写真を撮る時間が報道陣に与えられた。アビーはケヴィンが会場に来ている有名人のことをおもしろおかしく話すのを聞きながら、ジャックの姿をながめていた。やがて、ひとりのカメラマンがジャックといっしょに写真に入るようケヴィンとアビーに頼んできた。アビーはしかたなく応じた。写真を撮られるのはいやだった。ジャングルでジャックと何かあったように報じられたあととあってはなおさらだ。とはいうものの、あれももう過去のニュースだ。いろいろな意味で。そう思うと、胸がしめつけられた。

ジャックのそばに立っていると、彼が彼女の髪のにおいを嗅いでいるのがわかった。この人はいったい何を考えているのだろう。アビーはふたたび腕時計に目をやった。

「デートの約束でもあるのか？」ジャックが彼女にささやいた。「相手の男に言うんだな。きみの尻はおれのものだって」

アビーはジャックをにらみつけた。「あなたって本当にいやな人ね」

「でも、嫌いになれないんだろう？」

ケヴィンがアビーを守るようにその体に腕をまわし、ジャックににやりと笑ってみせた。「そのぐらいにしておけよ」アビーのほうを向いて言う。「さあ行こう。家まで送るよ」

アビーはうなずいてハンドバッグを手にした。あわれな負け犬みたいにジャックのまわりをうろついて、彼と話をする機会をうかがうつもりはなかった。けれど、ジャックがいる会場をあとにすることを思うと、ナイフで刺されたかのように胸が痛くなった。自分がジャックのそばを離れたくないと強く思っていることに、アビーはぎょっとした。

ジャック・ウインターから彼女の気をそらしてくれる調教師がいてよかった。約束の時間に遅れてログインしたら、なんて言われるだろう？

「近いうちにランチでもどうだい？　ホンジュラスから戻ってからどうしていたか、互いに報告し合おうじゃないか」

アビーは車の流れからケヴィンに注意を戻した。もう十時四十五分だ。調教師は怒っているにちがいない。まだ彼女を待っていてくれたらの話だけれど。

「いいわね」アビーは目の前に割りこんできたタクシーに気をとられながら言った。

「よかった。土曜日はどう？」

「土曜日？」本当はベッツィの増える一方の要求に必死で応えようとしている平日の昼間に、いっしょにコーヒーを飲むぐらいのつもりでいたのだが、それもいいかもしれないと思いなおした。ケヴィンは悪い人ではないし、ウィリアムと別れてからデートの申しこみが殺到しているわけでもないのだから。ケヴィンにジャックのことを訊くいい機会かもしれない。

「いいわよ」

「よかった。十二時に迎えに行くよ」

タクシーがアビーのアパートメントの前で停まり、彼女はドアの取っ手に手を伸ばした。

「アビー」アビーがケヴィンの口調に何かを感じて振り返ると、彼は彼女の頰に軽くキスをして、さっと身を引いた。片方の口の端をあげて小さく微笑みながら言う。「じゃあ、土曜日に」

親しみを表すキスにすぎなかったが、ケヴィンの笑みにはほかに意味があるような気がした。アビーはかぶりを振った。ケヴィンのことはあとで考えよう。今は怒れるご主人さまの相手をしなければならない。

アパートメントに戻ると、ノートパソコンの電源を入れた。立ちあがるのを待つあいだにハイヒールを蹴るようにして脱ぎ、ブラウスとスカートと大嫌いなストッキングを脱ぎながら寝室に向かう。着替える暇はなかった。かまうものか。どうせ向こうからは見えないのだから。

グラスに水を汲み、急いでソファに戻ってログインした。チャットルームのアイコンが点滅する。アビーは深く息をして、キーボードを叩きはじめた。

〈野生の蘭――こんばんは。遅くなってごめんなさい。仕事だったの〉

〈調教師――きみは前もって連絡してこなかった。この先も続けるつもりなら、ルールを決めておかなければならない〉

〈調教師――時間厳守。時間どおりに来られない場合は、インスタントメッセンジャーでそう知らせてくること〉

〈調教師――おれとチャットするときにはフォントを変えろ。おれは〝アリアル〟が好きなんだ〉
〈調教師――いったんチャットを始めたら、相手の許可なくやめないこと。やめたいときはそう申し出ること〉
〈調教師――汚い言葉はなし〉
〈調教師――単刀直入な質問には率直に答えること〉
〈調教師――これだけ決めておけばいいと思うが、どうかな?〉
〈野生の蘭――フォントを変えるの? どうして?〉
〈調教師――おれは〝アリアル〟が好きだし、ご主人さまだからだ。何か問題でも? 変え方を知らないわけじゃないだろう?〉
〈野生の蘭――もちろん、知ってるけど……〉
〈調教師――今夜はどうして遅れたんだ?〉
〈野生の蘭――ホンジュラス共和国の大使館でおこなわれたパーティーに取材に行くよう部長に言われたの。こんなに長くかかるとは思わなかったのよ〉
〈調教師――その気になればインスタントメッセンジャーで知らせてこられたはずだ。この件については、またあとで話そう。パーティーのことを話してくれ〉
〈野生の蘭――インスタントメッセンジャーのことは思いつかなかったわ。約束の時間までには帰れると思ったの。よくあるパーティーだった。長いスピーチが続いて、政治家たちが報道陣の前で得点を挙げようとしてただけ。ありきたりのパーティーよ。これまでにも何度となく取材に行っているような〉
〈調教師――ほかに変わったことはなかったのか？〉
〈野生の蘭――じつはあったの。ケヴィンのことを覚えている？　彼がいたのよ〉
〈調教師――きみの反応は？　ショーツを濡らしたのか？〉
〈野生の蘭――そんな質問には答えたくない。ケヴィンは以前と変わらずわたしをいらつかせたわ〉
〈調教師――濡れたのか？〉
アビーは怒りたくなると同時に笑いだしたくなった。こんな気持ちにさせられるなんて驚きだ。
〈野生の蘭――答えたくないって言ってるでしょ〉
〈調教師――なんでも正直に話すことに同意したじゃないか。本当のことを話すんだ。自分に都合のいいように話を省略するのもなし〉
〈野生の蘭――彼はわたしを興奮させたわ。これまでと同じようにね。でも、そんなふうに感じるのはいやなの〉
〈調教師――どうして？〉

〈野生の蘭――だって……そんなふうに感じてもどうにもならないもの〉
〈調教師――どうにかしたいのか?〉
〈野生の蘭――そんなことは不可能よ。記事を見て知っているの。彼には大勢の女がいる。わたしは彼が苦しめたいと思っている女のひとりにすぎない〉
アビーはキーボードを打つ手を止めた。そのとおりだ。ジャックにとってはただのゲームにすぎないのだ。
〈野生の蘭――とにかく、わたしは前に進むことにしたの。土曜日にデートするのよ〉
〈調教師――誰と?〉
〈野生の蘭――ケヴィンのお友だちのジャック。いい人よ〉
ふたりの名前を入れかえることに、アビーはひそかな喜びを覚えた。
〈調教師――ジャックはいい人なのか?〉
〈野生の蘭――ええ。やさしいし、わたしの話をよく聞いてくれるの。彼のことは好きよ〉
〈調教師――ウィリアムよりやさしいのか?〉
〈野生の蘭――ウィリアムとはまったくちがうタイプだわ。ジャックはとても楽しい人なの。土曜日、いっしょにお昼を食べるのよ〉
〈調教師――きみは忙しいんじゃなかったのか?〉

言葉にとげがあるように感じるのは気のせい？　アビーは彼が打った文字を読むのではなく、声が聞けたらいいのにと思った。いったいどんな声をしているのだろう。きっと低く響く、力強く自信に満ちた声にちがいない。
〈調教師――自分に服従的な傾向があるのかどうかたしかめたいと言っていただろう？〉
〈野生の蘭――そのことについてじっくり考える時間がなくて。今日キットといっしょにお昼を食べたの。これまでのボーイフレンドについて話したわ。昔から同じようなタイプの男とばかりデートしてるって言われた。ちがうのは名前だけだって〉
〈調教師――そしてそのなかにご主人さまはひとりもいなかった。きみが求めているものを与えてくれる男はいなかったんだ〉
〈野生の蘭――どうしてそんなことがわかるの？〉
〈調教師――そういう男がいたら、きみは今こうしていなかっただろうからさ〉
認めたくはないが、そのとおりだった。キットにもまったく同じことを言われた。自分にはこれまで気づいていなかった資質があることを、認めなければならないのかもしれない。アビーは深く息を吸った。
〈野生の蘭――わかったわ。じゃあ、たしかめてみるとして、あなたとご主人さまとしもべの関係になるとしたら、まずはどうするの？〉
〈調教師――おれがルールを決めて、きみはそれに従う。きっと気に入るぞ〉

ルール。思わずため息がもれた。怖がっているのか興奮しているのか、自分でもわからない。動揺していることを悟られないように、努めて軽い口調を保たなければならなかった。

〈野生の蘭――いいわ。おもしろそうなゲームね。最初のルールは?〉

〈調教師――きみは何色のショーツを穿いているかおれに知らせる。毎日だ〉

〈野生の蘭――わたしがどんな下着をつけているのか知りたいの?〉

〈調教師――ああ〉

〈野生の蘭――それぐらいはかまわないけど、たいしておもしろくないわよ。今教えてあげる。わたしのショーツは黒かベージュのどちらかよ〉

〈調教師――そんなものを身につけるのはやめるんだ。全部捨てて、きれいな色の下着を買え〉

〈野生の蘭――全部?〉

〈調教師――そうだ。それから毎朝、身支度をすませたら、どんな下着をつけたかおれに知らせろ。第一のルールは色気のない下着をつけないこと。きれいな色の下着をつける。そして、どんな下着をつけたかおれに知らせる。なにもむずかしいことじゃないだろう?〉

アビーは画面を見つめた。なにもむずかしいことはないだろうですって? 彼は自分が何を言っているのかわかってないんだわ。ミステリアスな調教師は彼女のランジェリー用の引き出しの中身を決めようとしている。そんなことを彼女が許すと思っているのだろうか。もしかすると、そうすることで、彼女に服従的な資質があるのかどうか試しているのかもしれない。アビーの両手はキーボードのうえで止まった。

怒りたくなると同時に、くすくす笑いだしたくなる衝動に駆られた。なんだか、うれしいような気もする。彼女が身につけているものにほんのわずかでも興味を示した男性は、これまでひとりもいなかった。ウィリアムはいつもきれいだと言ってくれたが、実際には彼女を見ていなかった。さあ、アビー・マーシャル、言われたとおりにするの？

〈野生の蘭――わかったわ。明日買いに行く〉

〈調教師――いい子だ。今は何色のショーツを穿いているんだ？〉

〈野生の蘭――黒よ。それから真っ赤なシルクのスリップもつけているわ。今夜着ていた服に合わせたのよ。去年のクリスマスに姉から贈られたものなの〉

〈調教師――おれもスリップは好きだ。でも、黒いショーツは必要ない。脱ぐんだ〉

〈野生の蘭――なんですって？〉

〈調教師――ショーツを脱げ。早くしろ〉

冗談を言っているにちがいない。ジャックもこんなふうに命令するのだろうか。彼女をコントロールしようとするのだろうか。アビーは両手をむき出しの太ももにすべらせて、ショーツの縁にふれた。さあ早く。もしジャックに言われたのなら、ためらったりしないはずよ。アビーはひと息にショーツを脱いで、クッションのうしろに押しこんだ。
〈野生の蘭――脱いだわ〉
〈調教師――どんな感じがするか言うんだ〉
〈野生の蘭――いやよ〉
〈調教師――ぞくぞくするか?〉
〈野生の蘭――答えたくないわ〉
〈調教師――それなら、おれたちの関係はこれで終わりだ〉
調教師はジャックに似ているどころではない。ジャックそのものだ。厳しくて決して妥協せず、つねに自分の思いどおりにしようとする。言うことを聞かなければ、本当に彼女と話すのをやめるにちがいない。そうなったら、どこで彼の代わりを見つければいいのだろう。アビーが見つけたSMサイトに集う人々のなかには、とても恐ろしい人もいた。何をしろと言われるか、わかったものではない。
〈野生の蘭――なんだかおかしな感じよ。いけないことをしているような〉
〈調教師――興奮しているのか?〉
〈野生の蘭――あなたとこうやって話していることに? それともケヴィンと会ったことに?〉

さあ、どう返してくる？

〈調教師――下半身裸で座って、おれの次の命令を待っていることにだ〉

彼は本当に容赦ない。手かげんしてくれる気はなさそうだ。

〈野生の蘭――ええ〉

〈野生の蘭――ええ、ご主人さま〉

〈調教師――いい子だ。尻がうずうずしているんじゃないのか？　また叩かれたいんだろう？〉

からかっているのだろうか。そんなことまで覚えているなんて。

〈野生の蘭――言ったでしょう？　ケヴィンにとってわたしは大勢の女のひとりにすぎないって。そういうことはもう起こらないわ〉

〈調教師――そうされたときのことが頭から離れないんじゃないのか？〉

カーソルがまたたいている。アビーがふたたびキーボードを叩けるようになるまで一分近くかかった。調教師の言うとおりだ。ジャックのことがどうしても頭から離れない。今夜再会したせいで、頭のなかに彼が占める割合がいっそう大きくなっていた。

〈野生の蘭――じつはそうなの〉

〈調教師――そのうち、おれが叩いてやる〉

〈野生の蘭――まあ！〉

調教師が？　彼がわたしのお尻を叩きたがっているなんて。まるでエスプレッソを何杯も飲んだかのように、血が体じゅうを駆けめぐった。彼はわたしに会う気でいるのだ。パロマと話さなければならない。よく知りもしない男と会って、ヒップを叩かれるつもりはなかった。

〈野生の蘭——わたしたちはこうしてチャットをするだけの仲だと思っていたけど〉

〈調教師——今のところはね。叩かれたところはどうなった？〉

〈野生の蘭——どうにもなっていないわ。ちょっとあざになったけど、もう消えたから。こんなことを話してるなんて、自分でも信じられない〉

〈調教師——しかも、きみは次に尻を叩かれるときのことを考えている〉

〈野生の蘭——そのとおりよ〉

〈調教師——次のときは、ちゃんと準備をしてくるんだ。白いショーツとスカートを穿いて、あそこの毛も処理してくること〉

〈野生の蘭——まあ！〉

〈野生の蘭——そんなことまで……〉

アビーはときどきキットといっしょにサロンに行きはするが、ブラジリアンワックスの施術を受けるためではない。あそこの毛の処理が必要な服など着ないし、交戦地帯に取材に出るときはもちろん、出張中はその手のお手入れをするのは不可能だった。

〈野生の蘭――どうしてなの？〉
〈調教師――おれはそのほうが好きだからだ〉
〈野生の蘭――白いショーツは？〉
〈調教師――白は服従を示す色だ〉
〈野生の蘭――わたしがあなたに服従していることを示すの？〉
　アビーは画面に躍る文字を見つめた。
〝調教師さんがタイピング中です〟
　彼はわたしを服従させたがっている。肉体的にも精神的にも。アビーは心臓が激しく打つのを感じながら返事を待った。
〈調教師――ああ、そうだ。どう思う？〉
〈野生の蘭――よくわからないわ。心のなかにはあなたがいて、肉体的にはケヴィンに惹かれている。なんだか奇妙な感じよ。ほんと、自分で自分の気持ちがわからないわ。今夜はもう終わりにしたほうがいいみたい〉
〝調教師さんがタイピング中です〟
〈調教師――明日、時間に遅れそうになったら、忘れずにインスタントメッセンジャーで知らせるんだぞ〉
　アビーはノートパソコンの電源を落とした。かなり遅い時間になっていたが、このあと眠れるかどうかわからなかった。ひと晩にいろんなことがありすぎた。ジャックと再会し、調教師とチャットするなんて。まるで誰かが冷静で論理的なアビー・マーシャルをさらって、どこかに閉じこめてしまったかのようだ。あとに残されたのは混乱状態に陥った女だった。

ひとりでいるとジャックに会いたくなる。いざ会ってみると、ジャックはやはりいやなやつで、彼にキスしたくなると同時に、その頬を引っぱたいてやりたくなった。正直に言えば、アビーはもう一度、ヒップを叩かれてみたいと思っていた。ああ、本当にやっかいなことになった。

16

アビーがログアウトするやいなや、ジャックはケヴィンに電話した。彼の女にちょっかいを出そうとしているケヴィンののどを切り裂いてやりたかった。彼と別れた女にケヴィンがティッシュを差し出したり同情を示したりして近づいたことはこれまでにもあったが、今回は事情がちがう。アビーは別れた女ではないのだ。彼女に手を出す権利はケヴィンにはない。

ケヴィンは電話に出なかったので、ジャックの怒りはひと晩じゅうおさまらなかった。翌朝、六時になったのを見て、ジャックはジムに向かった。誰かを思いきり蹴りたかった。ジムは混んでいた。ジャックは汗をかくまで縄跳びをして体をほぐしてから、無抵抗なサンドバッグに何度もパンチと蹴りをお見舞いした。汗が背中を流れ落ち、こぶしと足が痛んできても、やめる気にはなれなかった。嫉妬がもたらした怒りによって生み出されたエネルギーは、いっこうになくならなかった。

重いチェーンを首にかけてから、腕立て伏せと懸垂を交互に繰り返した。何人かの男たちがトレーニングをやめ、彼が腕立て伏せと懸垂をあと何セットできるか賭けはじめたのに気づいたが、気にせずに続けた。アビーがケヴィンと食事をし、ことによるとキスするかもしれないと思うと、無性に腹が立った。ついに筋肉が言うことを聞かなくなって鉄棒を放し、床に倒れこんだときには、全身が震え、汗だくで、吐き気と戦わなければならなかった。まわりで見ていた男たちから歓声があがり、何人かは首のまわりにかけたチェーンをはずすのを手伝ってくれた。

「よくやったな。すごかったよ」ケヴィンがジャックの肩をぴしゃりと叩いた。

ジャックはやっとのことで立ちあがった。「アビーに手を出すな」もっとちがう言い方をするつもりだったが、今さら礼儀を気にしている場合でもなかった。

ケヴィンは悪びれもせずに、にやりと笑って言った。「もう遅い。おまえにもチャンスはあった」

ジャックはケヴィンに殴りかかった。ケヴィンは油断していたらしく、床に倒れたが、すぐに起きあがって防御のかまえをとった。

「いったいどうしたんだよ?」

ジャックはふたたび殴りかかった。「アビーに手を出すなと言ったんだ」

今度はケヴィンも攻撃にそなえていて、ジャックのこぶしをひょいとよけた。「いかれちまったのか?」そう言って、横から足を蹴り出し、ジャックを床に倒した。

ジャックはすかさず起きあがり、ケヴィンに鉄槌を見舞ってから、前蹴りを食らわせた。どちらもかなり痛かったはずだ。ケヴィンはスーパーマンパンチで応酬し、本格的な戦いが始まった。ジャックは五分ものあいだケヴィンを殴りつづけた。じつにいい気分だった。

だが、ケヴィンも弱くはなかったし、チェーンを首にかけて腕立て伏せと懸垂を倒れるまで続けたばかなジャックとはちがって、それほど疲れていなかったので、互角に応戦した。とはいうものの、ジャックには負ける気などさらさらなく、しつこく向かっていった。最後にはケヴィンの投げ技がきれいにきまり、気づくとジャックは氷風呂に背中から落ちていた。

背中が水面にあたると同時に悲鳴をあげて、水中に沈んだ。何秒間かは、汗や燃え立つ怒りのせいで体が熱かったが、すぐに全身の感覚がなくなった。ジャックは悪態をつき、そばで見ている男たちの体に冷たい水や氷をはねかけながら起きあがると、冷水を手ですくってケヴィンにかけて、笑いはじめた。

ばかなことをして笑いものになるのが得意なことが、これでまた証明された。

ジャックは警備員が来る前に氷風呂を出ようともがいた。シューズを履いたまま氷風呂に入ることは禁じられている。

ケヴィンが彼に手を貸して、更衣室まで連れていってくれた。「気分はよくなったか？」

ジャックは考えた。「そうだな。でも、おれは本気で言ってるんだぞ。アビーには手を出すな」

アビーがタクシーを降りると、キットはジョアネルの前で待っていた。「待たせちゃった？」アビーは心配になって言った。

「ううん、今来たところ。わたしをここに呼ぶなんて、あんなにあったショーツはどうしたの？」

外は寒かったにもかかわらず、顔がかっと熱くなるのを感じた。「これは調教師の指示なの。ランジェリーを買うよう彼に言われたのよ。わたしがこの手の店が苦手なのをあなたも知ってるでしょ。この前あなたのショッピングにつきあわされたとき、二百ドルもするブラを買わされたけど、結局それは三角巾代わりにされたのよ」

キットは唇をぎゅっと閉じて、噴き出さないようこらえながら、楽しそうに目を輝かせた。「そうだったのね、アビー」

キットが店のドアを押し開けると、ドアベルが鳴って、ふたりの来店を告げた。アビーはホワイトオークの床と紫色のシルクのカーテンに目をやった。図書室を模したコーナーもある。まるで本屋でランジェリーを試着したいと思う人がいるかのようだ。

「いらっしゃいませ」店員が大げさなくらい愛想よくふたりを出迎えた。「今日は何をおさがしですか？　何か特別なものでも？　たとえばウェディング・ドレス用の下着とか？」

アビーは首を横に振った。「いいえ、ちがいます。ひととおりの下着が欲しいんです。以前のものはなくしてしまったもので。旅行中に」ぎこちなくつけ加える。

店員はにっこり笑った。「かしこまりました。奥にガウンをそなえた試着室がございますので、いくらでもお試しいただけます。でもまずは、どんなものがお好きか教えてくださいませんか？」

アビーは床のところどころに敷かれたムートンのラグのうえに進み、黒い無地のシームレスショーツを選んだ。

キットが首を横に振った。「ランジェリーを買うよう言われたんでしょ？」

アビーはショーツのかかったハンガーをラックに戻した。キットの言うとおりだ。それにベージュと黒はだめだとも言われている。

「カジュアルなものがお好きなら、こちらのフルール・ルルのボーイレッグショーツはいかがでしょう。おそろいのTシャツブラもございますよ」

アビーは値札を見た。ショーツ一枚が三十五ドル？　キットがにやりとするのを無視して、考えをめぐらせる。一度にすませてしまったほうがいい。とはいうものの、カジュアルすぎるものは調教師のお気に召さないだろう。「すてき。36Cのサイズのものを試してみようかしら。でも、できたらもう少しフェミニンなものがいいんですけど」

アビーは店内を見まわした。エジプト綿のパジャマに、スワロフスキーがあしらわれたスリップ。スリップには四桁の値段がついていた。明らかに彼女向けではない。あれを着たら、きっとクリスマスツリーになったような気分になるだろう。どうやらプロに任せたほうがよさそうだ。「シルクやレースが使われているものが欲しいんです。男の人が好きな感じの。ちくちくしたり、ビーズがついていたりするものはやめておきます。ショーツはひも式ではないものがいいわ」

店員は考えこむような顔でアビーを見た。アビーは『プリティ・ウーマン』の主役のオーディションでも受けているような気分になった。「ランジェリーをすべてなくされたんですか？」

アビーはうなずいた。「ええ、すべて。着替えのショーツもないと考えてもらってかまいません」

「まあ、そうでしたか。それなら試着室にご案内しますから、なかにあるガウンにお着替えください。必要なものはすべてお持ちします」

試着室はとても広かった。照明も心地よく、やわらかな白いガウンの横にはイタリア製のホワイトチョコレートがのった皿が置かれている。店員は何度も品物を持って現れ、アビーが気に入らなかったものはただちに持ち去った。楽しいといってもいいぐらいだった。

二時間後、アビーが買ったものはそれぞれ箱に入れられ、きれいに包装されて、リボンをかけられていた。ふたりは最後に店を出た客だった。「信じられない、ランジェリーに千二百ドルも使うなんて」

キットは声をあげて笑った。「投資って考えたら？　で、このあとはどうする？　飲みにでも行く？」

アビーは腕時計に目をやった。じつはついに国務省の人間を説得することに成功し、タボラの件について話を聞くことになっていた。八時に電話がかかってくる。「そうしたいとこなんだけど、今夜は仕事があるの。飲みに行くのはまた今度にしない？」

「いいけど、今日買ったランジェリーがどういう効果をもたらしたか、そのとき詳しく聞かせてもらうわよ」

「効果があるといいんだけど」アビーはくすりと笑って言った。

笑みを浮かべたまま通りを歩き、交差点で足を止めて、渡れるようになるのを待った。何か食べておいたほうがいいかもしれない。デリで何か買って帰り、二時間ほど仕事をしてから調教師と話そう。

信号が変わると同時に、アビーは背中に強い一撃を受け、前のめりに倒れた。すべてがスローモーションのようだった。両手がアスファルトの道路につき、女性の悲鳴が聞こえ、ジョアネルで買ったものが入った箱が散らばって、タクシーの前のタイヤがぐんぐんせまってくる。アビーはその場から動けなくなり、ぎゅっと目を閉じて、衝撃にそなえた。

ブレーキの音がした。目を開けると、顔のすぐ前にクロームメッキをほどこしたタクシーのバンパーがあった。青いターバンを巻いた運転手が、アビーにはわからない言葉で怒鳴っている。わたしはまだ生きている。そう理解するまで少しかかった。やがて全身が震えはじめた。

〝I Love NY〟と書かれたトレーナーを着た観光客らしきふたりづれが、散らばった箱を拾い、アビーを助け起こしてくれた。ふたりが話しているのを聞くとジャックとケヴィンのことが思い出された。ふたりづれの男女の元気な声を聞いているうちに、アビーの目に涙がこみあげてきた。

「大丈夫ですから」アビーは彼女の手や膝の傷の具合をたしかめようとするふたりに言った。歯をがちがちいわせながらも、どうにか言葉を口にすることができた。

中年の女性のほうがポケットからティッシュを出して渡してくれた。「ひどい転び方だったわね。ちょっと休んだほうがいいわ。病院に行く？」

アビーは首を横に振った。「いいえ、タクシーでうちに帰ります」とにかくひとりになりたかった。いや、本当はジャックにそばにいてもらいたい。池のほとりでやさしく世話をしてくれたジャックに。だが、それは無理な話だ。だから、せめてひとりになりたかった。

白髪まじりの男性のほうがタクシーを停め、女性とふたりでアビーと彼女が買ったものを後部座席に乗せてくれた。タクシーが走りだしてから、アビーはふたりの名前を尋ねもしなかったことに気づいた。ショックがおさまるにつれて冷たい現実が押し寄せてきて、向き合いたくない事実を突きつけられた。彼女は転んでなどいない。何者かに押し出されたのだ。タクシーの通り道に。

運転がそれほどうまくない運転手だったら轢《ひ》かれていただろう。飛び出した彼女が悪いと思われていたにちがいない。アビーはふたたび涙がこみあげてくるのを感じて、ポケットのなかのティッシュに手を伸ばした。すると指がティッシュとはまたちがうやわらかなものにふれたので、そっと取り出してみた。

つぶれた蘭の花。交通事故の犠牲者のポケットにあるものとしては少々不思議な感じもするが、これといって人の目を引くようなものではない。検死官もとくに問題にはしないだろう。少し前にホンジュラスから戻ってきた人間が、ポケットにその国の国花を入れていた。単なる奇妙な偶然として処理されるにちがいない。

アビーはタクシーの運転手に料金を払い、急いでロビーを突っ切った。一刻も早く、静かで安全なアパートメントに戻りたかった。アパートメントに入り、ドアに鍵をかけて安全錠もかけてから、ようやく声をあげて泣いた。

しばらくしてから、服を脱いでシャワーを浴びた。熱い湯に打たれていると、すりむいた手や膝が痛んだ。アビーは追っているネタのことを考えた。今日起こったことは、それに関係しているのだろうか。シャワーを出て、バスローブをはおり、絆創膏をさがした。

留守番電話のライトが赤く点滅しているのに気づき、再生ボタンを押した。

「マーシャルさん、国務省のトム・ブレスリンだ。留守とは残念だ。じつはこのたび異動になってね。インタビューには応じられそうにない」

アビーは両手が震えるのを止められなかった。もう記事は書けないのだろうか。

これまでの記者人生で学んだことがひとつある。このようなことが偶然であるはずはないということだ。例の件に関する取材メモや資料を、すべて読み返してみなければならない。明日は、異動になる前に使っていた机から離れられなくなりそうだ。ケヴィンと昼に会うのは無理だろう。ディナーにしてもらうしかなさそうだった。

17

このままにしておくわけにはいかなかった。ジャックは、アビーが黒いレースの縁飾りがついた、ピンク色のシルクのショーツを穿いてケヴィンといっしょにいると知りながらも、どうにか落ちつきを保って、仕事で出席している退屈な昼食会をすませた。アビーは従順なしもべらしく、朝、どんなショーツを穿いたか報告してきた。それを読んだとき、ジャックはエスプレッソにむせそうになった。

今では、あの叩いてくれとせがんでいるような尻を包むピンク色のシルクのショーツのことしか考えられなくなっていた。アビーはそろいのブラをつけているのだろうか。これからはショーツだけでなくブラについても報告するよう、今夜あらたに命令するつもりだった。

アビーが彼以外の男にショーツやブラを見せる日がきたら、それも終わりだが。

ジャックは市長に断わって、その場を離れ、ケヴィンに電話した。「アビーとのランチはどうだった？」さりげなく訊いてみる。

「いや、それはなくなったんだ」

ジャックは背筋を伸ばした。「どうして？　直前になって断わられたのか？」うれしそうな声にならないよう気をつけて言った。

ケヴィンは笑い声をあげた。「いや、そういうわけじゃない。何かがあって、アビーは今日も仕事をしなきゃならなくなったんだ。だから、代わりにディナーを食べることにしたんだよ。彼女のアパートメントの近くに、マンマ・ディンツェオという、料理が驚くほどうまいこぢんまりしたイタリアン・レストランがあるんだそうだ。幸運に恵まれたら、詳しく報告するよ」ケヴィンはジャックが何か言う間もなく電話を切った。

ジャックは左右のこぶしを握りしめた。怒りが爆発しそうになるのを必死にこらえる。ケヴのやつめ。アビーとディナーを食べるなんて裏切り者もいいところだ。ランチは友人同士で楽しむカジュアルなものといえなくもないが、土曜の夜に〝料理が驚くほどうまいこぢんまりしたイタリアン・レストラン〟でディナーをともにするのはデートだ。しかもアビーは黒いレースの縁飾りがついた、ピンク色のシルクのショーツを穿いている。

「さあそれでは、主賓のジャック・ウインターさんにお言葉をいただきましょう」

市長の補佐官がジャックを連れ戻しにきて、壇上に引き立てていくと、彼の手にマイクを押しつけた。まずはこれを片づけなければならない。ジャックはマイクを握りしめた。「お招きいただきありがとうございます。この――」すばやくあたりに目をやる。

今はなんの会合に出ているんだったっけ？　「――アートプロジェクトの始動を宣言できますことをとても光栄に思います」白いドレスを着た女の子の手から花束を取りあげると、びっくりしているその子の頬にキスをして、少しのあいだポーズをとって写真を二、三枚撮らせてから、出口に向かった。

ケヴにアビーのシルクのショーツを見せるわけにはいかない。

その晩、ジャックがマンマ・ディンツェオを見つけたときには、あたりはすでに暗くなり、店は客でにぎわっていた。窓から店内をのぞくと、ケヴィンがアビーに身を寄せて、耳もとで何か言い、それを聞いた彼女が笑うのが見えた。

これまでに何度となく見てきた光景だった。ジャックがジークに引き合わされた売れっ子モデルや売り出し中の女優と別れるたびに、ケヴィンが慰め役を買って出て、彼女たちは充分に魅力的だとわからせてきたのだ。ジャックとケヴィンはいいコンビだといえなくもない。だが、今回はだめだ。彼はアビーと別れたわけではないのだから。ケヴィンに彼女を渡すわけにはいかない。

ジャックはドアを押し開けて店のなかに入り、ふたりのテーブルに向かった。背が低く丸々と太った、青みがかった灰色の髪をしたイタリア人女性が、彼の前に立ちはだかった。「ご予約は？」

ジャックがレストランの予約をする必要がなくなってから、かなりのときがたっていたので、質問を理解するのにしばらくかかった。女性の横を通り抜けようとしたが、ふたたび道をふさがれた。「ご予約は？」

「食事はしない。あそこに行きたいだけだ」ジャックはアビーのテーブルを指差した。

「マーシャルさまのお席ですね？　どなたかとお約束があるかどうか、お訊きしてきます。ここでお待ちください」

だが、ジャックは女性についてテーブルまで行った。アビーとケヴィンはそろって顔をしかめて彼を見た。「何しに来たんだ？」ケヴィンが問いただした。

ジャックは答える前にアビーをじっくり見た。健康的に輝く髪を片方の肩の前に流している。大きな口。誘うような赤い唇。ああ、あの唇を思いのままに味わいたい。目は彼に向けられていて、彼女が憤慨したような顔で息をするたびに胸が上下する。薄いシルクのブラウスは控えめなデザインだが、アビーが着ていると罪深いおこないにいざなうもののように見えた。

ケヴィンはおいしそうなにおいに満ちたこぢんまりしたレストランの静かなボックス席で、アビーのすぐそばに座っていた。あの角度からではブラウスのなかが見えるにちがいない。

「きみたちに会いにきたんだ」ジャックはアビーに向かって言った。「たぶん、おれのことが話題に出るんじゃないかと思ってね。それなら本人の口からいろいろ聞けたほうがいいだろう？」

　アビーの頬が真っ赤に染まるのを見て、ジャックはうれしく思った。彼女は彼のことを話していたのだ。アビーは鉄も溶かすほどの怒りの炎を目に宿して、ジャックをにらみつけた。「まあ、うぬぼれもいいところね」

　ケヴィンも彼をにらみつけた。「本当にそうだな。帰れよ、ジャック。明日会おう」

　ジャックはアビーの隣に座ろうとしたが、イタリア人の女性がまた彼の前に立ちふさがったので、ケヴィンの隣にすべりこんだ。「いや、帰らない。よく考えたらまだ夕食を食べていなかった。きみたちといっしょに食べるよ」

　アビーは言葉を失った。イタリア人の接客係がメニューを持ってきてもいいのかとたしかめるように彼女を見る。アビーはショックのあまり、うなずくことしかできなかった。

　ケヴィンと彼女は注文したばかりで、それぞれに水とワインは出されていたが、料理はまだきていなかった。ふたりがたわいもないおしゃべりをしているうちに到着するよう、ジャックはタイミングを見計らったにちがいない。

　ジャックはアビーのほうを向いた。「それで、ジャングルでの体験を乗り越えて、今までどおりの生活ができるようになったかい？」

アビーはうなずいた。いったいいつになったら、ふたたび口がきけるようになるのだろう。

「ジークは代わりのブラを買ってくれたのか？　ブラをしていないきみを見ているのは楽しかったが」

震える手で水の入ったグラスをつかみ、落ちつきを取り戻せるだけの時間が稼げることを願いながら、ゆっくりと水を飲む。

「聞かなかったことにするわ。礼儀をわきまえたおとなとしてふるまいましょう」アビーはようやく言った。

騒ぎになるのはごめんなのに、このままでは大騒ぎになりそうだった。ジャックはみだらな笑みを浮かべているし、ケヴィンはひどく怒っているようだ。

「そうだ、ケヴ、どこか行くところがあると言っていなかったか？」

「ああ、言ったよ。ここでアビーとディナーをとるってね。いいから帰れよ、ジャック。いいかげんにしろ」

「このことはジムでさんざん話し合っただろう？」

ケヴィンはグラスから氷をつかみ出して掲げた。ふたりにとっては何かの意味があるらしい。

「ああ、そうだ」ケヴィンは言った。「また氷水に浸かりたいなら、そう言ってくれ。

とにかく今は帰るんだ」

「アビーはどうしてほしいと思っているか、訊いてみようじゃないか。きっと、おれにいてほしいと思っているぞ。そうだろう、アビー？」

たしかにアビーはジャックにいてほしいと思っていた。彼を見ているだけで興奮し、濡れてしまっている。とはいうものの、同時に腹が立ってもいた。いったい自分を何さまだと思っているのだろう。

「とりあえず今は、ふたりに帰ってと言いたい気分よ。少なくともケヴィンはわたしを食事に誘ってくれるだけの礼儀をわきまえていたけど。こんなふうに突然やってきて、とてもすてきなディナーを台なしにしたりはしなかった」

ジャックは水のグラスをつかんでいたアビーの手を取って脈を探り、彼女の目をじっと見つめた。「きみが求めているのは礼儀をわきまえている男なんかじゃない。きみを興奮させてくれる男だ。本当のきみを知っている男だよ」

アビーは手を引っこめた。「本当のわたしなんて、あなたにわかるわけないわ」自分で聞いても、やけにとりすましているように聞こえた。

「きみがピンクのシルクのショーツを穿くのが好きなことは知っている」ジャックは言った。

全身がかっと熱くなった。どうして知っているのだろう。まさか——そんな！　ありえない。

「あなただったの？」アビーは信じられない思いで尋ねた。「ずっとわたしをだましていたの？」

ジャックは肩をすくめた。

時間が止まり、店内の空気がすべてなくなってしまったような気がした。ジャックは無表情のまま彼女を見つめている。ケヴィンはアビーとジャックを交互に見ていた。

アビーは水差しをつかんでなかの水をジャックの頭からかけると、ハンドバッグを手に店を飛び出した。けれども、ブロックの端までも行かないうちにジャックに追いつかれた。

「アビー、待つんだ」ジャックはそう言って手を伸ばし、アビーの腕をつかもうとした。アビーはくるりと振り返り、ジャックに向かって怒鳴った。自分の声とは思えないような声が出た。

「さわらないで！　この大嘘つきのろくでなし！　あなたとはもうかかわりたくない！」

「たった今、おれに水をかけたのは、きみのほうだぞ」

とてつもなくハンサムなジャックが、ジャック・ウインターであることには変わりなかったが、実際、彼はひどい姿だった。アビーは一瞬、満足感を覚えた。

「そうよ。わたしを放っておいてくれないなら、またかけてやるから」

「とりあえず話そう」ジャックはアビーをそのまま行かせようとはせず、彼女の手首をつかんだ。そして、アビーといっしょに彼女のアパートメントがある建物に入ってきた。

「ついてこないで」アビーは言った。

「せめてタオルぐらいは貸してくれてもいいだろう？」

コンシエルジュは車椅子に乗った老婦人の介助をするのに忙しく、助けを求めるのは無理そうだ。どうすることもできなかった。ジャックを濡れたままで帰らせるわけにはいかない。

ふたりが乗ったエレベーターのドアが閉まるやいなや、ジャックはアビーを引き寄せて、唇を重ねてきた。だめよ、こんなのはいや。アビーはとっさに唇を固く閉じて、キスを拒んだ。

ジャックは上唇と下唇のあいだを舌でなぞり、口のなかに舌を挿し入れようとした。アビーは必死に抵抗したが、すぐにそうしていられなくなった。彼が欲しかった。キスを返し、ジャックの唇をむさぼる。ジャックはアビーをきつく抱きしめ、唇と舌で彼女を味わった。アビーは背中を弓なりにしてジャックの美しい体に体を押しつけ、肩に指を食いこませた。

キスに夢中になっていると、エレベーターががくりと停まり、扉が開いた。一瞬、ジャックは気づいていないのかと思ったが、すぐにアビーの唇からわずかに唇を離して言った。「何号室？」

アビーの唇はやわらかくなり、少し腫れているような気がした。キスされてぼうっとしていたので、すぐには返事ができなかった。何号室だったかしら？「四二三号室よ」

ドアの前に着いたとき、アビーの手は震えていたので、ジャックが鍵を受け取って鍵穴に挿した。アパートメントに入り、ドアを閉めるやいなや、ジャックはふたたびアビーにキスしてきた。

今度は口を開いたままの、アビーのすべてをむさぼるようなキスだった。ジャックは片方の手をアビーの髪に差し入れ、動かないように押さえて、キスを続けた。アビーは彼の首に腕をまわして自分のほうに引き寄せ、唇が離れないようにして応じた。ふたりの体のあいだにはさまっていたもう片方の手を、彼のシャツのボタンのあいだに差し入れて、じかに肌にふれた。

ジャックはもう片方の手でアビーのヒップをなでまわし、勃ちあがったものを彼女の下半身に押しつけた。アビーはつま先立ちになって、体を前後に揺らした。

「ああ、アビー」ジャックはそう言うと、アビーの首筋に顔をうずめて強く吸ってから、痛みをやわらげようとするかのように、唇を開いてキスしてきた。キスマークをつけようとしているのかもしれなかったが、アビーはかまわなかった。むしろつけてほしかった。

体じゅうが燃えあがっているような気がした。アビーは両手をジャックの髪に差し入れて唇を首筋から離させ、引き戻して自分の唇に重ねさせた。そうしておいてから、彼のシャツの裾をズボンの外に出し、両手をシャツの下に入れる。背中から胸へと手を動かし、湿った胸毛に指をからませた。

ジャックに耳の下を嚙まれ、アビーはうめき声をあげて首を傾けて、その部分をさらに彼に向けた。ジャックは彼女にせがまれるままに、同じところをもっと強く嚙んできた。アビーはまたうめき声をあげた。

ジャックの勃ちあがったものがびくりと動くのがわかった。アビーはじかにさわりたくなって手をズボンのファスナーに伸ばしたが、彼女が何もしないうちに、ジャックが両手をシルクのブラウスの下に入れてきて、素肌をなでまわしてから、両手を下におろしてスカートをたくしあげた。

「こんなものを穿いているなんて聞いていないぞ」ジャックはふいに言った。

なんのことを言われているのか、アビーにはわからなかった。ジャックの唇にすっかり魅了されていた。

「パンティーストッキングは穿くな。嫌いなんだ」

ジャックに引っぱられてストッキングが破れる音がした。彼はそのままストッキングを引き裂いた。その音を聞いているとぞくぞくした。アビーは身につけているものを全部引き裂いて、裸にしてほしくなった。全身で彼を感じたかった。

ふいにジャックが手を止めて、あたりを見まわした。ふたりは家具がまばらに置かれている広々としたリビングにいた。彼はアビーをソファに連れていった。

「前かがみになってクッションをつかめ。手を放すんじゃないぞ」そう言いながら、自ら手を使ってアビーにその体勢をとらせる。

「何をするつもり？」アビーは尋ねた。

「前を向いているんだ」ジャックは落ちつきを取り戻していた。アビーは自分の姿を想像した。ストッキングはびりびりに引き裂かれているが、ハイヒールは履いたままなので、ヒップを宙に突き出した恰好になっている。ジャックはゆっくり時間をかけてスカートをウエストまでたくしあげ、ピンク色のショーツを穿いた尻をむき出しにさせた。

そしてアビーに近づいて脚のあいだに立ち、両脚を叩いた。「もっと開くんだ」アビーは言われたとおりに脚を開いた。彼はまた叩いた。「もっとだ」アビーは姿勢をくずさないようにしながら、どうにか脚を開いた。

「いい子だ」ジャックはアビーのヒップをそっとなでてから、ショーツをぐいと引きちぎった。「新しいのを買ってやるから」

コンドームの包みを破く音がして、ジャックがのしかかってきた。彼はひと突きでなかに入ってきて、彼女を完全に奪った。これまでに感じたことがない、すさまじい衝撃だった。あまりの快感に、神経の先端がとろけそうになる。震える声で悲鳴をあげた。その声を聞いたジャックが動くのをためらっているようだったので、無言のままヒップをうしろに押しつけて、もっととせがんだ。ジャックは彼女の腰を抱え、一度腰を揺すりあげると、一定の速度を保って前後に動きはじめた。すぐにいかせてくれる気はなさそうだ。

わたしが望んでいたのは、必要としていたのはこれだったのね、とアビーは思い、もっと動いてくれるようせがんだ。

背中をつめでなぞられて、アビーはうめいた。レースで飾られたシルクのブラ越しに乳首をつまれると、口からあえぎ声がもれ、自然と上体が起きてしまった。

「体を起こすな」ジャックがうなるように言った。「クッションをつかんでいるんだ」

アビーはすなおに身をかがめたが、クッションを握る手に力がこもり、クッションが破裂しそうになった。

「はい、ご主人さま」アビーは言った。

その言葉はアビーが切望していたものをもたらした。ジャックは動く速度を速め、激しく突いてきた。アビーもヒップを持ちあげて、彼の動きに合わせた。

「もっと、もっとよ」アビーは叫んだ。

それが引き金になったのか、ジャックはいっそう激しく突き入れてきた。なんの技術も駆け引きもなかったが、そんなことはどうでもよかった。アビーは通りに聞こえそうなほど大きな叫び声をあげて、絶頂に達した。

（下巻へつづく）

ベルベット文庫

THE PLEASURES OF WINTER by Evie Hunter

First published in Great Britain in the English language
by Penguin Books Ltd.
Japanese translation rights arranged with
PENGUIN BOOKS LTD.
through Japan UNI Agency, Inc., Tokyo

冬《ふゆ》の歓《よろこ》び ——わたしだけのハリウッド・スター—— 上《じょう》

2013年11月25日　第1刷

著　者　イーヴィー・ハンター

訳　者　喜《き》須《す》海《み》理子《みちこ》

発行者　礒田憲治

発行所　株式会社 集英社クリエイティブ
東京都千代田区神田神保町2-23-1 〒101-0051
電話 03-3239-3811

発売所　株式会社 集英社
東京都千代田区一ツ橋2-5-10 〒101-8050
電話 03-3230-6393（販売）
03-3230-6080（読者係）

印　刷　中央精版印刷株式会社　株式会社美松堂

製　本　中央精版印刷株式会社

ロゴマーク・フォーマットデザイン　大路浩実

ISBN978-4-420-32014-6 C0197